KB262798

THE
TOWER
OF BABEL
바벨의 탑
FANTASY FRONTIER SPIRIT
푸른 하늘 장편 소설

바벨의 탑 11

푸른 하늘 장편 소설

초판 1쇄 찍은 날 § 2013년 9월 24일
초판 1쇄 펴낸 날 § 2013년 9월 30일

지은이 § 푸른 하늘
펴낸이 § 서경석

편집부장 § 권태완
편집책임 § 어정원
디자인 § 이혜정

펴낸곳 § 도서출판 청어람
등록번호 § 제1081-1-89호
등록일자 § 1999. 5. 31
어람번호 § 제1-1679호

주소 § 경기도 부천시 원미구 심곡2동 163-2 서경B/D 3F (우) 420-822
전화 § 032-656-4452팩스 § 032-656-4453
http://www.chungeoram.com
E-mail § chungeorambook@daum.net

ISBN 978-89-251-3484-0 04810
ISBN 978-89-251-3114-6 (세트)

바벨의 탑
푸른 하늘 장편 소설
11
[아몬]
TOWER OF BABEL
FANTASY FRONTIER SPIRIT

CONTENTS

Chapter 01
활의 위력

“…여기서 또 보다니…….”

레이나의 마법 폭격으로 인해 게릴라 기지는 한마디로 깨끗하다는 말이 저절로 나올 만큼 깔끔하게 정리가 되었다.

그런데 레이나의 마법의 불꽃이 거의 사그라져 가자 뜻밖에도 땅속에서 무언가 기어 나오는 게 아닌가?

크어어어어!

쿠어어어어어어억!

듣기에도 징그러운 소리와 함께 시체 썩은 냄새가 진동

하며 순식간에 기지를 가득 채우고 남을 만큼 엄청난 숫자의 좀비가 땅속에서 튀어나오고 있던 것이다.

그 모습을 본 진운 일행은 한숨부터 나왔다.

설마 이곳에서 또 호로섬에서 봤던 좀비를 또 보게 되리라고는 전혀 생각지 못했으니 말이다.

마치 미리 준비해 둔 함정처럼 기지의 게릴라들이 모조리 튀어나오는 듯한 모습은 저절로 인상을 찌푸리게 만들기 충분했다.

"이번에도 자네가 처리할 텐가?"

베이스퍼는 이미 호로섬에서 진운이 맨주먹으로 수백 마리, 아니, 정확하게는 천 마리가 넘는 좀비를 처리하는 것을 보았으니 이번에도 진운이 처리할지 모른다는 생각에 물어본 것이다.

하지만 진운은 베이스퍼의 말에 고개를 흔들었다.

"딱 봐도 함정인데 뛰어든다는 것은 바보나 할 짓이죠."

이곳은 로이칸과 테칸이 있는 곳이다.

물론 자신들이 몰래 왔다고는 하지만 이곳으로 오라고 초대한 것은 그들 테칸과 로이칸이었다.

그러니 당연히 좀비를 준비해 둔 것도 함정일 가능성이 백 퍼센트에 가까울 만큼 높은 확률이 뻔한 일.

그런 상황에 뛰어들 만큼 진운이 바보는 아니었다.

　베이스퍼의 말에 고개를 조용히 흔든 진운이 레이나를 바라보자,

　―맡겨줘.

　유적의 벽이 가로막힌 한정된 공간에 모여 있는 좀비는 레이나에게 그저 식후 간식거리 정도에 지나지 않았다.

　―파이어 익스플로젼(Fire explosion).

　다시 한 번 순백의 열기가 끓어오르는 불꽃으로 만들어진 구체를 양손에 띄워 올렸는데 순식간에 서로 분열하듯 수십 개로 불어나 버렸다.

　까닥.

　그리고 레이나의 손가락이 움직이자 마치 살아 있는 듯 그녀가 가리킨 손끝을 향해 떨어지기 시작했다.

　쿠왕!! 콰쾅!! 콰콰콰콰쾅!!

　마치 하늘에서 네이팜탄(그냥 폭발만 하는 일반 폭탄과 달리 3,000℃란 매우 높은 온도와 화력으로 불바다로 만드는 폭탄. 베트남전에서 그 악명으로 유명했지만 현재는 너무나 잔인하고 비인도적인 무기로 분류되어 사용이 금지된 무기임) 수십 개를 떨어뜨려 놓은 듯 엄청난 굉음과 함께 불꽃이 피어오르기 시작했다.

　그로 인해 진운이 서 있는 수십 미터 높이에 있는 유적의 벽 위까지 뜨거운 열기가 솟아올라 머리카락이 흔들렸다.

　물론 일반적인 사람이라면 뜨거운 열기만으로도 온몸이 타버릴 만큼 엄청난 열풍(熱風)이었지만 이미 마나를 활성화한 진운 일행에게는 그저 살짝 뜨거운 바람이 이는 정도에 불과했다.

　쿠어어엉엉!!

　푸른색의 불꽃만 봐도 최소 4~5,000도는 족히 나갈 듯한 불꽃이 온몸을 감싸고 있지만 좀비들은 마치 누군가의 명령을 받은 것처럼 진운과 레이나, 베이스퍼가 있는 유적의 벽 위를 향해 기어오르려는 듯 뭉쳐서 허우적거리고 있었다.

　"좀비를 제어하는 녀석이 있군."

　호로섬의 좀비와는 확연히 다른 움직임을 보이는 모습에 나직하게 베이스퍼가 한마디 하자 레이나도 고개를 끄덕였다.

　―거기다 불에 타들어가는 속도도 많이 느린 것이 그때와는 다른 녀석들이에요.

　레이나의 말처럼 보기에는 호로섬에서 봤던 좀비와 비슷해 보이지만 확연히 다른 점이 있었으니 바로 불에 타들어가는 속도였다.

　사실 레이나의 마법 불꽃은 산소와 결합해서 발생하는 불꽃이 아니라 오로지 마나로 만들어진 불꽃이었다.

　그 타들어가는 속도와 화력은 웬만한 불꽃보다 강했는데 그런 불꽃을 뒤집어쓴 좀비들은 불이 붙었는데도 의외로 움직이는 데 아무런 제약이 없어 보인다.

　"직접 내려가서 처리해야 되나."

　불꽃이 타들어가지만 재가 되기는커녕 팔팔하게 움직이는 좀비들의 모습을 진운은 바라보았다.

　그리고 자신이 직접 마기를 흡수해야 할지도 모른다는 생각에 중얼거리자,

　―위험해. 녀석들이 초대한 곳이야. 그런 곳에 내려간다는 것은 오히려 나를 기습해 달라는 것과 다를 게 없으니까.

　"하지만 좀비들을 그대로 두고 움직일 수도 없잖아?"

　사실 무시하기에는 좀비의 숫자도 숫자지만 레이나의 마법 불꽃을 뒤집어쓴 상태의 좀비는 한마디로 움직이고 있는 불붙은 기름통이나 다름없었으니 그냥 둘 수도 없는 상태였다.

　―내가 해결할게.

　레이나는 진운이 내려가려는 생각까지 하자 좀비를 빨리 처리해야겠다고 판단했는지 허공에 손을 뻗어 아공간에서 조금 전 사용했던 활을 꺼냈다.

　"한 마리씩 쏴서 잡게?"

수백 마리는 족히 되어 보이는 좀비의 숫자에 화살로 대항한다는 것은 사실 누가 봐도 미련한 짓이긴 했다.

지금 레이나가 꺼낸 활이 바람으로 화살을 만들기에 화살이 필요없는 물건이라는 사실은 눈으로 직접 봐서 알고 있었다.

하지만 저 아래 타오르는 불꽃을 품은 채 발버둥치는 좀비의 숫자를 생각하면 진운이 보기에는 차라리 자신이 뛰어내려 가서 마기를 흡수하는 게티아의 능력을 이용하여 처리하는 게 훨씬 능률적이라는 생각이 들었다.

―아니.

진운의 말에 설명도 하지 않고 레이나는 들고 있던 장궁을 가볍게 몇 번 흔들었다.

그러자 놀랍게도 장궁이 바람 빠지는 풍선처럼 줄어들기 시작하더니 본래 크기의 1/3 크기로 작아져 버리는 게 아닌가?

보통 생각할 때 큰 활보다 작은 활이 다루기가 쉽다고 생각할 수 있겠지만 실제로는 반대였다.

간단하게 예를 들어, 같은 두께를 가진 나무를 부러뜨리기 위해서 긴 것이 쉬울까, 아니면 짧은 것이 쉬울까 하는 질문한다면 나무를 부러뜨려 본 사람이라면 누구라도 긴 나무가 부러뜨리기 쉽다고 할 것이다.

그 이유는 길이가 길수록 휘어지면서 힘이 전달되어 모이는 지점이 명확해지는 특성이 있기에 적은 힘이라도 집중도가 높아 쉽게 부러지는 반면, 짧은 나무는 힘을 아무리 줘도 휘어지지 않는다.

힘이 모이는 곳이 없거나 흐릿하기에 같은 힘으로는 부러뜨릴 수 없어 길이가 긴 나무에 비해 몇 배나 많은 힘을 줘야 부러뜨릴 수 있다.

겨우 나무를 부러뜨리는 것에도 이런 과학적인 원리가 숨겨져 있는데 탄성이 생명이고, 화살을 쏘아보내기 위해 장력이 강한 특성을 가진 활은 어떻겠는가.

당연히 크기가 작은 단궁보다 장궁이 다루기 편하고 활시위를 당기는 거리가 짧기에 확실히 편할 수밖에 없었다.

다만 단궁이라고 장점이 없는 것은 아니다.

활이 짧은 만큼 활시위를 더 길게, 많이 당겨야 하는 만큼 힘이 들고 어렵지만 반대로 장력이 그만큼 강해져서 활의 위력이 강해진다.

끼리리릭!!

단궁의 활시위에 손가락을 얹은 레이나는 그대로 힘껏 잡아당겼다.

짧은 만큼 레이나가 장궁일 때 당겼던 것과 똑같은 길이로 당기자 짧아진 활이 구부러지다 못해 금방이라도 부러

질 만큼 휘어졌다

오죽하면 옆에서 보던 진운과 베이스퍼가 당긴 활이 부러져서 오히려 레이나가 다치지 않을까 걱정할 정도이다.

그런데 그런 주변의 걱정은 아랑곳하지 않고 레이나가 활시위를 끝까지 당기자,

휘리리릭!

작은 회오리바람이 생기더니 활 모양으로 변하면서 바람의 화살이 만들어졌다.

다만 단궁에 어울리는 화살이라고 생각할 수 없을 만큼 커다란 크기와 두께를 가진 바람의 화살이 나타났다는 것이 의외였을 뿐이지만 말이다.

화살이 아니라 마치 성벽에서 사용하는 투석용 투창을 보는 듯한 엄청난 두께와 크기를 가진 바람의 화살이었다.

"응?"

단궁으로 변한 것도 의외였고, 단궁에 전혀 어울리지 않는 커다란 바람의 화살도 의외였다.

하지만 가장 황당한 것은 당연히 벽 아래에서 지금도 기어서 올라오려고 발버둥치는 좀비들을 향해서 쏘아버릴 것이라는 생각과 달리 활이 하늘을 향하더니,

퉁!

망설임없이 활의 시위를 놓아버리는 레이나였다.

“왜 거기로 쏘는 거야?”

진운이 의문이 가득 담긴 눈빛으로 레이나를 보면서 물어보자,

─잠시만 기다려 봐.

대답 대신 레이나는 웃으면서 한마디 했다.

그리고 잠시 시간이 지났을까?

레이나가 하늘을 향해 쐈던 화살이 되돌아오는 듯 바람을 가르는 소리가 진운의 귓가에 들리기 시작해 하늘을 올려다보니,

쇄에에에에에에엑!!

“헉!!”

조금 전 레이나가 하늘을 향해 쏘아 올린 투창 크기의 바람의 화살은 어딘가로 사라져 버렸다.

대신 미사일처럼 커다란 모습으로 변한 바람의 화살이 정확하게 좀비들이 있는 곳을 향해서 내리꽂히듯 떨어져 내렸다.

그런데 그건 시작에 불과했다.

어느 정도 시야에 바람의 화살이 보일 만큼 가까이 다가오더니,

파삭!!

저절로 산산이 부서져 버렸다.

"실패야?"

진운이 황급히 레이나를 보면서 묻자,

—아니, 성공이야.

"저렇게 부서지는 게?"

누가 봐도 미사일 크기의 바람의 화살이 거의 수천 개의 엄청난 숫자로 부서져 버리는 모습을 보면 실패했다고 생각할 것이다.

—지금부터가 하이라이트야.

"지금?"

오히려 너무나 자신있어 하는 레이나의 모습에 진운이 고개를 돌릴 무렵 그의 눈동자에는 믿을 수 없는 광경이 그려지고 있었다.

쇄에엑!! 쇄에엑!!

쇄에에에에에에에엑!!

방금 부서진 것처럼 보였던 바람의 화살이 수천 개의 작은 화살로 바뀌어 마치 영화에서 수천 명의 군사가 화살을 쏘아 올린 것처럼 장관을 이루면서 쏟아져 내리고 있다.

그 모습을 보고 있자니 왜 레이나가 그렇게 자신있어 했는지 이해가 가는 진운이다.

동시에 진운의 옆에서 조용히 레이나가 바람의 화살을 쏘아 올리는 모습부터 지켜본 베이스퍼는,

“말도 안 돼!”

하고 외쳤다.

처음부터 끝까지 직접 눈으로 보면서도 믿을 수 없어 할 말을 잃은 것이다.

공기를 조종해서 회오리 모양의 바람 화살을 만든다는 것도 아직 머리로 전부 이해하지 못하고 있는 상황인데 지금 레이나가 보여준 것은 그 차원을 뛰어넘어 버렸다.

마법의 불꽃으로 폭격한 것이 베트남전에서 사용한 네이팜탄으로 폭격한 것과 같은 파괴력이라면 이번 화살은 그 수준을 넘어섰다.

지금 레이나가 쏘아 올린 화살, 아니, 화살이라고 부르기 민망할 만큼 커다란 회오리 모양의 바람 화살이 잘게 부서지더니 그 조각 하나하나가 날카롭게 변해 세찬 위력을 보이며 땅으로 쏟아지고 있는 것이다.

그 모습을 보고 있노라니 과연 이걸 이야기해 준다 해서 누가 믿어줄지 의심이 먼저 들 정도였다.

퀘에에에!!

퍽!!

레이나의 마법의 불꽃에서도 움직이던 좀비들은 의외로 바람의 화살이 몸에 박히자 괴로운 듯 비명을 지르면서 부서지기 시작했다.

그리고 수백 마리가 넘는 좀비가 완전히 진운 일행의 시야에서 사라지기까지 걸린 시간은 몇 초에 불과했다.

—정리 끝!

휘리릭!

좀비가 완전히 사라지고 레이나가 들고 있던 활을 흔들자 원래 크기의 장궁으로 변해 아공간에 집어넣었다.

"기를 실은 화살… 수천 개라……. 거의 사단급에 맞먹는 화력이구만."

베이스퍼는 불꽃에서도 멀쩡하던 좀비가 바람의 화살이라고 하지만 화살에 맞아 괴로워하다가 부서져 내리는 것을 보고는 눈치챈 것이다.

보기에는 보잘것없어 보이는 바람의 화살 하나하나에 모두 마나가 실려 있었음을 말이다.

베이스퍼도 좀비를 처리하기 위해서는 마기와 상극인 마나를 사용해서 소멸시켜야 한다는 것쯤은 경험으로 알고 있었기에 바로 눈치챌 수 있었다.

하지만 그것보다 더욱 무서운 점은 레이나의 전투력이 하나의 사단급이라고 해도 틀린 말이 아닐 만큼 엄청난 무력을 보였다는 것이다.

네이팜탄에 버금가는 파이어 익스플로전을 뿌려대는 것도 모자라 하늘에서 미사일만 한 바람의 화살을 떨어뜨리

더니 그걸 수백 조각으로 나눠서 쏟아지게 하는 모습은 오
히려 마스터라는 존재가 과연 강하긴 한가 하는 의문이 저
절로 들게끔 했다.

 ―진운.

"응?"

―진운은 하이엘프가 왜 대륙에서 그토록 두려움의 존재
로 받아들여지는지 모르고 있지?

"응? 아, 그러고 보니 그러네."

사실 진운은 암살 집단인 검은 그림자 녀석들까지 하이
엘프라는 것을 알게 되자 긴장하면서 레이나를 극도로 두
려워한 것에 대해 딱히 깊이 생각해 본 적이 없다.

왜냐하면 레이나에게 배웠고 마스터에 오른 진운에게 레
이나가 강하다는 것은 너무나 당연했으니 말이다.

하지만 진운이 알고 있는 레이나의 강함은 일대일 전투
에 강하다는 인식이 대부분이다.

그도 그럴 것이, 진운이 레이나를 만나고 대규모로 전쟁
을 한 것도 아니고 기껏해야 기사나 어쌔신 나부랭이들과
싸운 것이 전부였으니 말이다.

말 그대로 진짜 화력이 필요한 전쟁 같은 전투는 레이나
와 해본 적이 없는 것이다.

하지만 지금 화력을 본 후 왜 대륙의 국가들이 하이엘프

를 전투 엘프라고 하면서 그토록 적으로 돌리는 것을 두려워하는지 너무나도 쉽게 이해될 수밖에 없었다.

일 개 사단, 그것도 대륙의 창과 활로 무장한 허접한 군대가 아니라 지구의 현대식 무기로 무장한 군대를 상대로도 전혀 꿀릴 게 없는 화력이었으니 말이다.

특히나 게릴라전과 같이 치고 빠지는 식으로 움직일 경우 한 국가를 상대로 싸워도 전혀 밀리지 않을 만큼 엄청난 화력을 뿜어내고 있는 레이나였다.

한마디로 건드려 봐야 좋을 게 하나 없는 상대가 바로 하이엘프인 것이다.

다만 엘프들도 엘프 사냥꾼처럼 돈에 미친 녀석들을 상대로 직접적인 무력을 행사하기에 큰 충돌이 없을 뿐이지, 하이엘프가 강하다는 것은 이미 대륙의 모든 인간이 알고 있는 사실이다.

진운만 레이나와 너무나 가까운 사이이기에 인식하기 어려운 것뿐이다.

무엇보다 더욱 무서운 것은 이토록 엄청난 화력을 쏟아낸 레이나는 지금 땀 한 방울은커녕 호흡조차 편안한 것이 좀 전 일은 그저 애들 장난 수준의 힘밖에 쓰지 않은 상태라는 사실을 조용히 말해주고 있었다.

수천 개의 바람의 화살에 모두 마나가 실려 있을 만큼 엄청난 화력을 뿜어내고도 편안한 호흡을 한다는 것은 현재 자신이 가진 힘에 1/10도 발휘하지 않았다는 증거였으니 말이다.

"정말… 괴물은… 그녀였군."

베이스퍼는 조용히 중얼거렸지만 엘프의 귀에 들리지 않았을 리가 없다.

하지만 조용히 베이스퍼를 향해 웃어 보이기만 하는 레이나였다.

사실 진운과 베이스퍼가 모르는 것이 있는데, 마법이야 레이나 본인의 마나를 사용한 힘이지만 세계수의 가지로 만든 활을 사용한 힘은 레이나의 것이 아니었다.

세계수는 마나에서 태어나 엘프들을 낳은 나무이다.

그 말은 나무 그 자체가 마나를 다루는 힘이 있다는 것이고, 비록 가지이긴 하지만 활이라는 무기로 만들어지는 순간 활시위를 당길 때마다 활 스스로가 주변의 마나를 끌어당겨 바람의 화살을 만드는 것이다.

방금 전 좀비 수백 마리를 한 번에 몰살시켜 버린 기술을 쓰기 위해 레이나가 커다란 장궁에서 작은 단궁으로 만든 것도 활이 작아질수록 마나의 집중도가 높아지기에 그러한 것이다.

세계수의 가지로 만든 활은 오직 하이엘프에게만 전해지

는 무기였으니 베이스퍼와 진운이 알 리가 없어 생기는 오해이기도 했다.

물론 활이 없다고 해도 레이나가 결코 약한 것은 아니었으니 일 개 사단급의 무력을 가지고 있다는 것이 틀린 말이 아니긴 했다.

레이나가 작정하고 싸운다면 제국은 몰라도 왕국 하나 정도는 몇 년 동안 괴롭힐 수 있을 정도였으니 말이다.

―이제 로이칸과 테칸을 찾으러 가야지?

"응? 아, 그래."

잠시 레이나의 경이적인 무력에 놀랐지만 곧 정신을 차린 진운이 습관적으로 게티아를 쳐다보자,

찌이잉~

역시나 게티아의 반응이 주기적으로 전해져 왔다.

"가까이 있어."

게이티아의 반응이 이렇게 주기적으로 정확한 간격을 두고 신호를 보낸다는 것은 가까운 곳에, 그리고 움직이지 않고 자신들을 기다리고 있다는 뜻이다.

"모두… 각오해. 이곳으로 우리를 초대한 것은 그들이니 말이야."

"그렇군. 그렇고말고."

베이스퍼는 진운의 말에 스스로가 납득하려는 듯 작게

중얼거리면서 고개를 끄덕였다.

―그건 알고 있어, 이미.

레이나도 작게 고개를 끄덕이면서 진운의 말에 대답했다.

현재 진운 일행은 호랑이 굴에 스스로 들어온 것이나 마찬가지였다.

다만 꼼수를 써서 정상적인 루트가 아닌 적의 본거지에 곧바로 왔다는 것이 그나마 이들에게 유리한 편이긴 했다.

물론 그렇다고 이곳 호랑이 소굴이 토끼 굴로 변한 것은 아니다.

호랑이를 잡으러 왔으니 당연히 호랑이 굴로 와야만 했다.

그리고 지금 이렇게까지 난리법석을 쳤는데도 테칸은커녕 로이칸도 보이지 않는다는 것은 이미 진운 일행이 이 정도는 충분히 처리하고 자신들이 있는 곳으로 오리라고 생각하고 있다는 것이다.

Chapter
02
함정

뭔가 답답하다고 해야 할까?

진운이 걸으면서 느껴지는 기분이다.

고개를 살짝 돌려보니 레이나의 표정도 좋지 못한 것을
보니 자신과 다르지 않는 듯했다.

"뭘까?"

진운이 처음 유적의 벽에 있던 게릴라와 좀비를 처리하
고 게티아가 반응하는 쪽을 향해 걷기 시작한 지 30분쯤 지
났을까.

가슴에 느껴지는 답답함이 조금씩 심해지기 시작했다.

처음에는 진운 혼자만의 느낌이었다.

하지만 곧 시간이 지남에 따라 레이나도 표정이 어두워지는 것이 같은 것을 느끼는 듯했고 베이스퍼도 느끼는 듯했다.

"죽음의 느낌이군."

베이스퍼가 나직하게 말하자 진운은 고개를 갸웃거렸다.

그가 말한 죽음의 느낌이라는 말이 이해가 가지 않았기 때문이다.

죽음의 느낌은 죽음의 기운과도 딱히 다르지 않기에 당연히 사기(死氣)가 느껴졌을 것이다.

그리고 진운은 그런 사기에 그 누구보다 민감하게 반응하는 몸을 가지고 있다.

하지만 그저 가슴이 답답할 뿐 사기는 전혀 느껴지지 않았는데 죽음의 느낌이라니?

진운이 궁금하다는 표정으로 베이스퍼를 쳐다보자,

"자네는 아직 모를 수도 있겠군. 이런 느낌을 말이야."

"……?"

"이건 목숨이 오가는 경험을 많이 해본 사람만이 느낄 수 있는 것이니 말이야."

"예감 같은 건가요?"

아무리 진운 딴에는 생과 사를 가르는 경험을 많이 했다고 하지만 베이스퍼에 비하면 조족지혈에 불과하다.

베이스퍼는 나이만 해도 이미 백 세를 훌쩍 넘은데다 그동안 국가 공인 마스터로 있으면서 온갖 어려운 임무부터 생과 사를 오가는 경험을 압도적으로 많이 했으니 말이다.

"나쁜 예감은 언제나 빗나가는 일이 없지 않나? 그보다 잠시 멈춰 보게."

"네? 아, 네."

그동안 뒤에서 잘 따라오던 베이스퍼가 무슨 생각인지 갑자기 진운에게 멈춰 달라고 하자 진운이 레이나에게 손짓했다.

멈칫!

곧바로 레이나가 멈추고 진운에게 되돌아왔다.

현재 레이나는 일행의 길잡이 역할을 위해 삼사 미터 정도 앞서서 이동하는 중이었지만 엘프 특유의 감각으로 진운의 손짓을 알아차린 듯 곧바로 돌아왔다.

—무슨 일이야?

레이나는 진운이 자신을 부르자 물었다.

"잠시 멈춰 달래."

레이나의 질문에 베이스퍼를 슬쩍 가리키면서 대답을 대신했다.

"레이나 양."

—네, 말씀하세요.

"지금부터는 내가 먼저 앞서갔으면 합니다."

—네? 베이스퍼 씨가요?

지금껏 베이스퍼가 먼저 나선다고 한 적이 없었기에 레이나가 놀란 듯 물어보았다.

베이스퍼는 혹시나 자신이 앞장서면 길 찾는 것이 불가능한 것이 아닌가 하는 걱정에,

"혹시 뒤쪽에 있다고 해서 길 안내를 하는 데 크게 어렵거나 불가능한 건가요?"

하고 물어보자 레이나는 고개를 저었다.

—아니요. 좀 더 시야를 넓게 보는 게 더 먼 곳을 볼 수 있기에 앞장섰을 뿐이에요. 그런데 왜 그러죠?

나이로만 따지면 레이나가 엘프이기에 가지는 긴 수명 덕분에 베이스퍼보다 몇 배는 오랜 세월을 살아왔다.

그러다 보니 보기에는 그저 진운과 비슷한 이십대 초반의 처녀로 보일지 몰라도 살아온 세월의 연륜만큼 레이나도 경험이 만만치 않았다.

거기다 웬만해서는 엘프의 숲을 벗어나지 않는 일반적인 엘프가 아닌 엘프의 수호자 역할을 위해 수시로 엘프의 숲을 벗어나 전투를 치른 경험이 많은 레이나였다.

그렇다 보니 자연스럽게 상대를 파악하는 능력이 생겨난 것이다.

그리고 그런 능력으로 베이스퍼도 어느 정도 파악하고 있는 레이나다.

그가 웬만큼 별일이 없는 이상 논리적으로 가장 이상적인 현재의 파티 구성을 바꾼다는 말이 의외일 수밖에 없었다.

"여기서부터는 아무래도 내가 더 필요할 것 같다는 생각이 들어서 그러네."

—베이스퍼 씨가요?

진운도 그렇지만 레이나마저 고개를 갸웃거리자 베이스퍼는 웃으면서,

"혹시 뭔가 가슴이 답답하거나 이상하게 주변을 살피는데 감각이 예민해지지 않나요?"

라고 말하자 레이나는 지체없이 고개를 크게 끄덕였고, 진운도 조용히 고개를 끄덕였다.

그리고 둘의 대답에 베이스퍼는 그럴 줄 알았다는 듯 고개를 천천히 흔들더니,

"그건 본능적으로 숨겨진 위험 때문에 몸이 보내는 신호라네."

"본능적인 신호라고요?"

진운이 뜻밖의 말에 놀란 듯 베이스퍼를 바라보자,

"그렇다네. 자네나 여기 레이나 양이나 이미 초인적인 힘을 가지고 있지. 하지만 과연 힘뿐일까? 아니네. 힘이 강해진 만큼 힘을 관리하고 움직이는 모든 것이 강해지게 마련이지. 그리고 문명화된 생활을 하면서 잊혀졌다고 생각되는 본능적인 감각도 당연히 강해지고 예민해지게 마련이고 말이야."

진운은 베이스퍼의 말에 저절로 고개를 끄덕였다.

하나도 틀린 말이 없었으니 말이다.

힘만 강해질까?

그렇진 않을 것이다.

힘이 강해진다는 것은 표면적으로 드러난 것이고 그와 함께 보이지 않는 모든 것이 함께 성장할 테니 말이다.

"죽음의 경험을 많이 하면 할수록 이런 본능적인 위험 감지 능력은 조금씩이지만 민감해지고 예리해지지. 그리고 현재 냉정하게 생각해 볼 때 이곳에서 그런 경험이 많은 사람은 아무래도 나뿐이지 않겠는가?"

"그야… 그렇긴 한데……."

진운은 베이스퍼가 아직 레이나가 이미 몇 백 년을 살아온 하이엘프라는 것을 모르고 있기에 슬쩍 레이나를 바라보자 진운의 눈빛을 읽은 레이나가 고개를 끄덕인다.

─맞는 말이에요. 사실 저도 지금 이렇게 답답한 기분은 처음이라 어떻게 해야 할지 잠시 고민 중이었거든요.

레이나 스스로가 자연스럽게 뒤로 빠지면서 베이스퍼에게 선두를 양보했다.

"괜찮겠어? 베이스퍼가 아무리 경험이 많다고는 하지만 레이나 너보다는 아무래도 적지 않을까?"

진운은 숫자로만 따져도 베이스퍼의 나이에 몇 배나 되는 레이나가 뒤로 빠지는 것에 슬쩍 물어보자 그런 진운의 질문에 미소를 보이면서 고개를 흔드는 레이나였다.

─베이스퍼 씨의 말이 맞아.

"뭐… 그야 그렇지만……."

─진운.

"응?"

─진운은 가끔 보면 정말 상황 판단이 빠른 듯하면서도 한 번씩 너무나 간단한 것을 잊어버리는 경향이 있는 것 같아.

"내가… 뭘?"

─확실히 내가 베이스퍼보다 살아온 세월이 길고 나이가 많다고는 하지만 내가 살아온 세월의 대부분은 대륙이야. 안 그래?

당연한 말을 하는 레이나의 말에 진운은 우선 고개를 끄덕였다.

"그야 당연하잖아."

─진운, 이곳은 지구야. 사실 지구에서 살아온 세월만 따지면 오히려 난 지금 진운보다 더 아는 것이 적은 이방인에 불과해. 그런데 그런 내가 아무리 길을 잘 찾아도 저 산전수전 다 겪은 베이스퍼보다 상황 대처 능력이 빠를까?

"아!"

진운은 그제야 레이나가 왜 자연스럽게 베이스퍼에게 선두를 양보했는지 이해가 되었다.

레이나가 아무리 능력이 좋다고 하지만 현실은 변수가 많은 법이다.

특히나 지금처럼 적이 오라고 초대하고 자신들이 찾아가는 상황이라면 상대가 가만히 앉아서 기다리고 있을 리는 없으니 말이다.

─함정을 파놓았을 것이 빤한 상황이야. 사실 나도 그게 걱정이 돼서 주변을 꼼꼼하게 살피느라 먼저 이삼 미터 앞장서서 움직이고 있었던 것이거든. 하지만 아무리 내 눈이 좋다고 해도 이곳의 전술을 잘 모르는 이상 백 퍼센트 모든 함정을 피할 수 있다고는 보장할 수 없어. 뭐, 때마침 베이스퍼 씨가 먼저 나서준다고 하니 난 자연스럽게 빠진

거지.

　"역시……."

　진운은 레이나의 꼼꼼한 성격을 다시 한 번 느낄 수가 있었다.

　이미 레이나는 적의 소굴에 들어온 이상 주변을 살피는 것을 게을리하지 않았던 것이다.

　거기다 베이스퍼가 말한 본능적인 경고가 있기 전부터 이미 주변에 함정이 있는지 살피고 있었다는 말에 자연스럽게 고개를 끄덕일 수밖에 없었다.

　"베이스퍼가 현재 가장 믿음직스런 동료구나."

　―그래, 바로 그거야. 베이스퍼 씨보다 경험이나 기술이 많은 사람은 없어. 현재 우리 파티에는.

　"알았어."

　살짝 미안한 표정으로 진운이 대답하자 레이나는 그런 진운의 어깨를 살짝 감싸면서,

　―진운은 불과 몇 년 전까지만 해도 일반적인 사람이었어. 아무리 수련했다고 하지만 그 짧은 시간에 경험까지 풍부해질 수는 없는 거야. 그러니까 너무 미안해하지 마. 알았지?

　"알고 있어. 그냥 묘하게 지금 파티가 각자 개성적이라는 생각이 들었을 뿐이야."

─개성적?

"후후후후후훗."

진운은 갑자기 한번 웃더니,

"경험과 연륜이 많은 베이스퍼와 젊지만 무력이 뒷받침 되는 나, 그리고 주변을 넓은 범위로 감시할 수 있는 능력과 범위 공격력이 압도적인 레이나, 뭔가 짜임새 있는 파티 같지 않아?"

─음, 맞는 말이긴 하네.

뭔가 운명적으로 서로 만나서 맺어진 파티였지만 결과적으로 호흡이 딱딱 맞는 것이 빈틈이 보이지 않는 파티였던 것이다.

"이제 출발하지."

베이스퍼는 레이나에게 선두를 넘겨받고 잠시 주변을 꼼꼼히 살피다가 점검이 끝났는지 말했다.

"그런데 뭘 찾으시는 거죠?"

베이스퍼는 레이나에게 넘겨받은 선두에 서자마자 바로 출발하지 않고 이상하게 무언가 찾는 듯 열심히 뒤지기 시작했다.

특히나 유심하게 살피는 곳이 사람 무릎 위치에 해당하는 허공이다.

상황이 이렇다 보니 레이나와 이야기하는 중이었지만 진

운의 감각에 그런 베이스퍼의 행동이 보이지 않을 리가 없었다.

"부비트랩을 찾고 있는 중이네."

"부비트랩이요? 아, 여긴……."

베이스퍼의 부비트랩이라는 말을 듣고서야 진운은 이곳이 어딘지 다시 생각났다.

이곳은 반정부 시위를 하는 게릴라들의 본거지이다.

당연히 게릴라라면 자신들의 본거지를 지키기 위해 별의별 것을 다 설치해 놓았을 것은 너무나 당연한 일이다.

특히 부비트랩(Booby trap)은 사람이 건드리기 쉬운 기구나 장소에 수류탄, 지뢰 따위의 폭발물을 직접 장치하거나 철사와 같은 것으로 연결해 놓은 것을 말한다.

보통 도시를 배경으로 전투할 경우 출입문 같은 곳에 설치하여 무심코 건드리거나 들어올 때 폭발하도록 만드는 것이 일반적이다.

당연히 이런 특성상 군에서 많이 사용하는 수류탄 다음으로 가장 많이 사용하는 것이 바로 지뢰다.

지뢰는 군사 작전의 일부분으로 통제, 운영되지만 부비트랩은 통제없이 수시로 설치되는 특징이 있다.

다만 간편하게 설치하기에 화력이 부족하다는 특성 때문에 살상 효과는 크지 않지만 적에게 공포감을 주는 심리적

효과와 부상당하게 해 진군을 느리게 하는 전술적인 효과
를 기대할 수 있다.

그런 이유로 옛날에는 사냥을 목적으로 사용하던 것이
현대에 이르러서는 거의 군사적인 목적으로 사용하는 경우
가 많았다.

"그래서……."

진운은 왜 베이스퍼가 레이나를 뒤로 물리고 자신이 앞
장서겠다고 했는지 알 수 있었다.

아무리 레이나가 마법에 강하다고 해도 도구로 설치한
부비트랩까지 찾아서 발견하는 것은 거의 불가능에 가까웠
으니 말이다.

대륙은 지구에서 흔히 쓰이고 있는 부비트랩을 사용할
리도 없다.

대륙의 전쟁은 오로지 힘과 힘이 부딪치는 것이 대부분
이었다.

특히나 기사들이 나서서 싸울 때는 적의 병사라도 함부
로 끼어들지 않는 것이 불문율이다.

실수로라도 적의 병사가 기사들의 대결에 끼어든다면 그
날은 기사도를 모욕했다는 이유로 적, 아군을 가리지 않고
끼어든 병사는 죽여 버린 후 그날 전투를 그대로 끝내는 적
도 있다.

그만큼 서로 죽고 죽이는 전쟁 중에도 예절과 격식을 차리는 곳이 바로 대륙이었다.

그런데 그런 대륙에서 부비트랩이란 것이 있을 리가 있겠는가?

아마 대륙에 부비트랩이 등장한다면 비매너에 전쟁의 예절을 모른다고 전 대륙이 손가락질할 것이 뻔하다.

물론 진운도 지구에 살았지만 사실상 부비트랩이란 것을 경험할 일이 없었으니 전혀 도움이 되지 않았다.

"아무리 우리가 초인이라고 해도 바로 발밑에서 터지는 지뢰와 수류탄을 맞고도 멀쩡할 수는 없으니 조심하자는 것일세."

"네, 알겠습니다."

지금 베이스퍼의 말이 백번 맞는 말이다.

사실 진운은 자신의 무력이 강하고 레이나의 마법이 무적이기에 이런 것은 전혀 생각지 못하고 있었던 것이다.

하지만 베이스퍼는 그동안 수많은 전쟁터와 암살을 위해 죽음의 냄새가 풍기는 곳을 돌아다닌 경험이 풍부하기에 무엇보다 확실한 길잡이가 되기에는 충분했다.

"아무래도 아직 부비트랩은 없는 모양이군."

베이스퍼는 괜히 진운과 레이나의 신경이 날카로워질까 봐 슬쩍 흘리는 말처럼 했지만 조금 크게 말한 것이 일부러

들으라는 듯했다.

그 말을 들은 진운과 레이나는 그저 작게 미소를 지을 뿐이다.

"그래도 종아리와 무릎 쪽을 조심해서 살피면서 걷도록 하게나."

"왜죠?"

진운은 함정이라면 거의 땅을 파거나 해서 빠지게 하는 종류가 대부분이기에 물었다.

"부비트랩은 아무래도 살상용이기보다는 부상을 입히는 것이 주된 목적이네. 그리고 사람이 부상을 입을 경우 가장 괴로우면서도 힘든 곳이 어디라고 생각되나?"

"아, 그래서……."

굳이 종아리와 무릎 부분을 조심하라고 일부러 강조한 베이스퍼의 말을 이제야 이해한 진운이다.

간단한 예로, 어릴 때 다들 한 번씩 발바닥을 다쳐 본 경험이 있을 것이다.

실수로 압정을 밟아서 다친다는지 아니면 새끼발가락을 어딘가에 찧어서 다치는 경우 말이다.

사실 보면 정말 다치는 수준은 별것 아니다.

잠깐 피가 나거나 한동안 아파서 움직이지 못하는 게 전부이니 말이다.

하지만 그게 그냥 일상생활을 하는 집이라면 아무런 문제가 없다.

쉬면서 약을 바른다든지 하면 되니 말이다.

하지만 전쟁을 치르는 곳, 생과 사가 오가는 오지라면 이야기가 완전히 달라져 버린다.

발을 포함해서 다리를 다친다는 것은 한마디로 더 이상 걷지 못한다는 말이고, 걷지 못한다는 것은 곧바로 목숨을 잃을 수도 있는 심각한 상황으로 연결되는 것이다.

특히나 일상적인 생활을 하는 사회에서는 거의 볼 수 없는 병이 하나 있다.

바로 봉와직염(蜂窩織炎)이라는 병으로 이건 사실 병으로 보기에도 참 웃긴 것이다.

아주 작은 상처가 곪아서 피부 밑으로 염증이 생기는 것이 바로 봉와직염인데, 말 그대로 상처에 염증이 심해져서 아픈 것이다.

특히 군대에서 많이, 걸리는 특성이 있어서 군대를 다녀온 사람은 거의 다 알고 있을 만큼 흔하다.

그러나 대처가 늦거나 치료 시기를 조금이라도 놓쳐 버리면 최악의 경우 발목을 잘라내야 할 만큼 커다란 대가를 치러야 하는 병이기도 하다.

그런데 왜 여기서 봉와직염이 예로 나왔느냐 하면, 아주

작은 상처(발가락, 발등, 뒤꿈치 쪽이 많이 발병함)지만 이렇게
한번 상처가 나면 신발을 신고 걷는다는 것 자체가 하나의
고문에 가까울 만큼 엄청나게 힘들다.

그만큼 발이라는 것이 사람에게 중요하다는 의미다.

그리고 사람을 죽이는 것을 최고의 기술로 아는 군대나
게릴라들이 그걸 모를 리가 없다.

부비트랩을 가장 많이 사용하는 녀석들이 바로 게릴라이
기도 하다.

보기에는 아주 작은 차이 같지만 진운과 레이나 둘만 왔
다면 절대로 생각지도 못했을 위험이 기다리고 있었던 것
이다.

"이상하군."

베이스퍼는 거의 십여 분가량 이동하고 나서 고개를 갸
웃거리기 시작했다.

"왜 그러세요?"

뒤따르던 진운이 표정이 좋지 않은 베이스퍼의 모습에
다가가 물었다.

"부비트랩이 없어."

"네?"

뜬금없이 골치 아픈 부비트랩이 없다는 것에 표정이 좋
지 않는 것이 이상한 진운이다.

한 걸음 내디딜 때마다 부비트랩이 없는지 신경 쓰는 것
이 힘든 것은 아니지만 은근히 귀찮았으니 말이다.

그런데 그게 없으면 오히려 좋은 일이 아닌가? 하지만 베
이스퍼는 오히려 표정이 굳어지고 있었다.

"부비트랩이 없다면… 분명히 다른 무언가가 있다는 결
론이 나오기 때문에 그러는 것이네."

"다른 무언가?"

베이스퍼의 말에 진운이 왜 베이스퍼의 표정이 그리 심
각했는지 이해가 되었다.

부비트랩이라면 사실 뻔히 눈에 보이니 어떻게든지 대처
할 수 있다.

하지만 그런 부비트랩이 없다는 것은 그것보다 훨씬 효
과가 좋은 다른 무언가가 있다는 위험을 알리는 것이나 마
찬가지였다.

게릴라를 상대로 제법 많은 경험이 있는 베이스퍼는 이
런 것을 너무나 잘 알고 있기에 표정이 굳어질 수밖에 없었
다.

게릴라들은 일반적으로 알고 있는 군인과는 완전 다른
성정을 가지고 있다.

사람들이 알기로는 그저 과격하고 테러나 하는 녀석들로
알고 있는 것이 전부이다.

하지만 게릴라들을 깊게 파고들면 녀석들이 얼마나 치밀하고 꼼꼼한지 알 수 있고, 그런 녀석들을 알면 알수록 놀란 적이 한두 번이 아니다.

항상 쫓기는 입장이 바로 게릴라들이다.

한마디로 자신과 동료를 제외하고는 언제든지 적으로 바뀔 수 있다는 기본적인 생각을 가지고 있는 녀석들이기에 어디를 이동하더라도 은밀하게 움직이는 것이 기본이다.

그런 녀석들이 자신들의 아지트가 가까운 곳에 부비트랩을 설치하지 않는 경우는 본 적이 없다.

아니, 기본적으로 도저히 있을 수 없는 일이다.

"뭘까, 부비트랩을 설치하지 않을 만큼 게릴라들이 믿는 것이."

레이나의 말을 들어보면 산길로 대충 30분만 더 가면 곧 테칸과 로이칸이 있는 게릴라의 아지트 중심부가 나온다.

진운도 감각에 녀석들이 가까이 느껴진다고 했으니 틀림없다고 생각하는 베이스퍼였다.

그런데 이렇게 아지트가 가까운데 아무런 것이 없다는 것은 누가 봐도 이상할 수밖에 없다.

지금 베이스퍼가 걸음을 멈추면서까지 심각한 표정을 짓

고 있었다.

보이는 위험은 두려울 것이 없지만 보이지 않는 위험은 어떻게 대처해야 할지 도무지 알 수가 없기에 가장 무서운 것이다.

그런 것을 베이스퍼가 모를 리가 없기에 어떻게 해야 할지 고민에 빠진 것이다.

초인이고 마스터로 불리고 있지만 결국 그들도 다치면 피를 흘리고 재수없이 눈먼 총알이라도 맞으면 그대로 죽을 수도 있는 사람이었으니 말이다.

"어찌시렵니까?"

진운이 베이스퍼가 고민하는 듯해서 물어보자,

"흠……."

불과 일 분 정도 서 있었지만 지금 이들에게는 그 일 분도 길었다.

─우선 움직이죠. 어차피 녀석들의 소굴에 들어온 건 우리니까요.

레이나까지 나서서 한마디 하자,

"그렇지. 어차피 들어온 이상 너무 몸을 사리는 것도 적이 원하는 대로 움직여 주는 짓이겠지."

베이스퍼는 진운과 레이나의 말을 듣고 결국 부비트랩이 없다는 점이 조금 찝찝했다.

그러나 어차피 모로 가도 서울로 가면 된다는 말이 있듯 어떻게든 테칸과 로이칸이 있는 곳으로 도착만 하면 되는 것이기에 움직이기로 했다.

다만,

"빠르게 움직이세."

베이스퍼는 차라리 이렇게 느리게 가기보다 자신들의 능력을 이용해서 빠르게 이동하는 게 더 안전하다고 판단했다.

─일리있는 말이네요.

레이나도 베이스퍼의 말에 고개를 끄덕이면서 동의하자 일행은 곧장 빠르게 움직이기 시작했다.

그때,

"……!!"

돌연 놀란 표정으로 황급히 몸을 돌린 진운이 손을 뻗어서는 덥석 레이나의 어깨를 움켜잡더니 자신의 품으로 끌어당기는 것과 동시에 허공으로 손을 뻗었다.

스르렁!

허공에 뻗은 진운의 손에는 아공간이 열리면서 칼라드볼그가 잡혀 있다.

그런데 아공간에서 빠르게 꺼낸 칼라드볼그를 아무것도 없는 허공에 그대로 내려치는 것이 아닌가.

깡!!

"……!!"

―……!!

분명히 아무것도 없는 허공에 내려쳤는데 어찌 된 일인지 칼라드볼그의 날에서는 불꽃이 튀었고 무언가 부딪친 소리까지 들렸다.

"저격이다!!"

진운이 황급히 한마디 하고는 곧장 레이나를 등에 지고 앞을 막아서자,

스르렁!!

베이스퍼도 빠르게 양손을 뻗어 아공간에서 자신의 붉은색 검과 흰색의 검을 꺼내더니 합치지 않고 그대로 양손에 들고 있다.

"이쪽에도 있군!"

검을 꺼내자마자 베이스퍼는 인상을 찡그리더니 허공에 몇 번 칼질을 했다.

캉!! 캉!!

그러자 두 번이나 불꽃이 튀면서 검으로 탄알을 튕겨내었다.

사실 날아오는 총알을, 그것도 총을 쏘는 소리도 들리지 않을 만큼 먼 거리에서 저격하는 총알을 칼로 쳐낸다는 것

은 거의 신기에 가까운 기술이다.

하지만 베이스퍼와 진운에게는 그저 그런 방어 기술 중의 하나일 뿐이다.

"젠장! 몇 놈이나 숨어 있는 거야!"

캉캉캉캉!!

순식간에 칼라드볼그를 휘두르면서도 대검의 넓은 검면을 이용해 효과적으로 총알을 튕겨내는 진운이었지만 표정은 그리 밝지 못했다.

"젠장!"

처음에는 한 발이었는데 두 번째 공격에서는 무려 네 발이나 날아와 쉽사리 움직일 수가 없었기 때문이다.

사실 이미 총알이 날아온 방향을 파악하고 있던 진운이다.

하지만 문제는 레이나 때문에 지금 그저 막고만 있는 것이다.

레이나도 검술 실력이 상당히 강하다는 것은 진운도 인정한다.

자신을 가르친 것이 레이나였으니 검술 실력이 결코 떨어지진 않을 것이다.

하지만 검술 실력이 좋은 것과 총알을 튕겨내는 것은 완전히 수준이 달랐다.

레이나도 바로 앞에서 권총으로 쏘는 총알 정도는 얼마
든지 튕겨낼 수 있는 수준은 되었다.

하지만 저격으로 날아오는 총알은 소리보다 빠르게 날아
오기 때문에 감각적으로 알아차리지 않는 이상 사실상 막
는 것은 불가능하다고 봐야 한다.

레이나도 강하긴 하지만 마법 쪽으로 특화되어 있다 보
니 아무래도 지금과 같이 사방에서 저격용 총알이 빗발치
는 상황에는 절대적으로 불리할 수밖에 없다.

"자네 쪽은 몇 명인가?"

베이스퍼도 레이나를 방어하듯 등을 대고 막아서 총알을
튕겨내면서 물어보자,

"1시 방향, 1시 30분 방향, 3시, 3시 30분 방향에서 날아
옵니다."

진운이 정확하게 총알이 날아오는 방향을 말해주자 베이
스퍼도,

"난 11시, 11시 30분 방향, 10시 방향이군."

양쪽 합쳐서 저격수만 무려 일곱 명이 배치되어 있고 쉴
틈 없이 쏘아대고 있다는 말이다.

"자네, 움직일 수 있겠나?"

베이스퍼는 그래도 진운이 무력이 더 강하니 물어봤지
만,

"불가능하겠어요. 제가 움직이는 순간……."

굳이 말을 하진 않았지만 베이스퍼는 조용히 고개를 끄덕였다.

베이스퍼도 레이나의 엄청난 마법을 두 눈으로 봤지만 지금의 상황에서는 마법을 쓰기 전에 아마 온몸에 총알구멍이 뚫릴 것이 뻔하니 말이다.

피슝!

"……!"

베이스퍼와 대화를 하던 도중 갑자기 진운의 고개가 꺾이더니 황급히 칼라드볼그를 6시 방향으로 뻗었다.

캉!!

그러자 지금까지 총알이 날아오지 않던 곳에서도 총알이 날아왔다.

"진퇴양난이군."

그냥 가까운 곳에서 둘러싸고 총알을 쏘아대는 것이라면 오히려 피하기 쉬울 것이다.

하지만 재수없게도 진운 일행이 서 있는 상황에서 공격을 받는 바람에 움직일 타이밍을 놓쳐 버린 것이 안타까울 뿐이다.

한편 레이나도 양쪽에서 자신 때문에 달려들지도 못하고 그저 막기만 하는 모습에 질끈 입술을 깨물더니 양손을 땅을 향해 뻗고 외쳤다.

─디그(Dig)!!

쾅!!

갑자기 일행의 발밑에서 엄청난 흙먼지가 피어오르더니 순식간에 땅속으로 사라져 버렸다.

"크크크크큭! 굉장하군!"

베이스퍼는 얼굴에 흙먼지를 뒤집어썼지만 크게 웃었다.

확실히 지금은 레이나가 땅을 파고들어 가 숨는 것이 효과적이었으니 말이다.

총알은 활이나 다른 무기와 달리 일직선으로 날아가는 것이 아니다.

마치 파도를 치듯 일정 거리를 두고 위아래로 흔들리면서 날아가는데, 보통 영화를 봐도 총알이 날아오면 모두 땅으로 엎드리는 것을 쉽게 볼 수 있을 것이다.

그런데 굳이 영화뿐만이 아니고 실제로 대테러 훈련을 받을 때에도 총격전이 벌어지면 무조건 엎드리도록 지시한다.

그 이유는 총알이 날아올 때 파도치듯 위아래로 움직이는 궤도를 보여 엎드린 사람이 총알에 맞을 확률이 현저히 줄어들기 때문이다.

화살이나 석궁 등은 거의 곡선이긴 하지만 일정한 궤도

를 가지고 있다.

반면 총알은 거리가 멀어질수록 총알 특유의 움직임 때문에 표적이 땅에 엎드려 버리면 맞추기가 까다로울 수밖에 없다.

그런데 이처럼 갑자기 땅속으로 사라져 버린다면 당연히 맞추는 건 불가능하다.

―이 정도면 한숨 돌릴 수 있겠죠?

레이나가 씨익 웃으면서 말하자,

"응, 고마워."

진운의 감사 인사에 고개만 끄덕이는 레이나였다.

한편 가만히 귀를 기울이던 베이스퍼는,

"공격이 멈췄군."

라고 나직하게 한마디 했다.

"그러게요."

그런 베이스퍼의 말에 진운도 고개를 끄덕였다.

―반응이 너무 빠른데.

마치 미리 짠 연극처럼 진운 일행이 레이나의 마법으로 땅속으로 숨어버리자 거짓말처럼 공격이 멈춰 버린 것이다.

레이나가 고개를 갸웃거리자 진운은 뭔가 알겠다는 표정으로,

"저격 로봇이야."

—저격 로봇? 아, 설마 중국에서 봤던 그거?

"응."

—그럼 까다롭게 됐네.

레이나가 쓴 미소를 지었다.

Chapter 03
사면초가

　살아 있는 생명체라면 레이나가 마법 탐지를 해서라도 거리가 얼마가 되든 찾아낼 수가 있지만 로봇이라면 아무리 마법으로 탐지해도 찾을 수가 없는 단점이 있다.

　언뜻 보면 마법이 만능으로 보이지만 대륙에서 발달한 마법은 지구에만 있는 과학의 결정체인 로봇에는 단점도 많이 드러내고 있었다.

　"레이나 양, 그대가 가지고 있는 활로는 저격이 불가능한가요?"

　베이스퍼가 나무도 피하고 바위도 피하면서 저격했던 레

이나의 바람의 화살이 생각나서 물어보자,

─그게… 제가 눈으로 목표를 봐야만 조종이 가능해요.

"아, 그렇군요."

그저 마법으로 바람의 화살이 모든 장애물을 피해서 날아가는 것으로 생각했던 베이스퍼는 한숨지을 수밖에 없었다.

땅속에 있는 지금 자신들에게는 해당 사항이 없었으니 말이다.

"피한 것까지는 좋은데… 난감한 건 여전하군."

진운의 중얼거림에 모두 뭔가 돌파구가 없으려나 생각하기 시작했다.

하지만 마땅한 것이 없었다.

상대는 로봇이다.

거기다 거리는 최소 2킬로미터 정도 떨어져 있다.

물론 총알이 날아온 방향은 알고 있지만, 날아온 장소는 전혀 모르고 있기에 뭔가 뾰족한 해결책이 없는 것이다.

하다못해 저격 로봇이 있는 곳의 위치만이라도 알 수 있다면 뭔가 해결 방법이 있을 텐데 그걸 못하니 답답할 뿐이다.

그런데 거기에 엎친 데 덮친 격으로 문제가 또 있었다.

"진운 군."

“네.”

베이스퍼가 나직이 부르는 소리에 진운이 대답하자,

“자네 생각에 6시 방향에서 날아온 총알, 처음에는 없던 총알이지 않는가?”

“네, 갑자기 6시 방향에서 날아왔습니다.”

“흠…….”

진운의 말을 들은 베이스퍼의 표정이 점점 더 굳어지기 시작했다.

“부비트랩 같은 것은 애초에 걱정할 필요가 없었던 거군. 저격 로봇이라니, 일개 대대 병력 정도는 순식간에 몰살시킬 화력이구만, 이 정도면.”

유능한 저격수 한 명이 일개 중대 병력의 발을 묶어놓은 적이 실제로 있었다.

그런데 한 치의 오차도 없다는 저격 로봇 일곱 대, 아니, 마지막에 추가된 한 대까지 포함해서 여덟 대라면 일개 대대 정도는 몇 분 만에 몰살시키고도 충분한 화력인 것이다.

무엇보다 저격 로봇이 사용하는 저격용 라이플은 일반적인 라이플이 아니라 코끼리를 잡을 때나 쓴다는 대구경 저격용 라이플이기에 파괴력은 상상을 초월했다.

베이스퍼는 열심히 쳐 냈지만 한 발 한 발 검으로 튕겨낼 때마다 손바닥에 시큰한 통증을 느껴야만 했다.

사실 양손에 검을 들고도 세 발을 튕겨내는 것이 조금 버거운 베이스퍼에 비해 대검에 거기다 한 자루의 검으로 네 발의 총알을 튕겨내는 것도 모자라 갑자기 튀어나온 6시 방향의 총알까지 막아낸 진운은 정말 대단하다고 할 수 있었다.

물론 지금처럼 구덩이 속에 있는 상황은 똑같지만 말이다.

"위치만 알 수 있다면……."

진운이 너무나도 답답한 마음에 푸념처럼 그저 내뱉은 말이다.

그런데 그런 진운의 말에 베이스퍼가 갑자기 이마를 쳤다.

짝!

그러고는 깊은 한숨을 내쉬더니 곧장 진운과 레이나에게,

"두 사람 다 손목에 차고 있는 것을 두고 고민하고 있으면 그리 보기 좋은 모습이 아닌 듯하네."

"네?"

─네? 무슨… 말씀인지…….

진운과 레이나는 베이스퍼의 말에 고개를 갸웃거리면서 시계를 보긴 했지만 도무지 무슨 뜻으로 한 말인지 이해가

가지 않았다.

"그 시계에 GPS가 있다는 것은 두 사람도 알고 있지 않는가?"

베이스퍼의 말에 진운은 조용히 고개를 끄덕였다.

이미 들은 내용이고, 무엇보다 위치를 표시하기 위해서는 GPS가 필수였으니 말이다.

그런데 GPS가 지금에 와서 무슨 소용인지 도무지 영문을 모른다는 듯 고개를 갸웃거리는 진운에게,

"잘 보게."

끼리릭~

베이스퍼는 백 마디 말보다 한 번 보여주는 게 이해가 빠르겠다는 생각에 시계를 조작하기 시작했는데 평소 연락하거나 필요에 의해서 사용하던 조작법과는 조금 달리 이것저것 돌리는 게 아주 많았다.

"두 사람 혹시 이 시계를 받으면서 같이 받은 설명서의 끝부분을 읽지 않았는가?"

뜨끔!

순간 베이스퍼의 날카로운 말에 진운이 어색하게 웃자 레이나도 같이 웃었다.

"역시나… 요즘 젊은 사람들은 너무나 편한 것을 좋아한다니까. 이건 가뜩이나 사용법이 복잡한 것인데 조작법조

차 전혀 숙지하고 있지 않았다니…….”

“그게… 하하하, 어쩌다 보니…….”

―호호호!

레이나와 진운은 이번만큼은 베이스퍼에게 정말 입이 열 개라도 할 말이 없었다.

“잘 보게. 이 시계가 왜 대동그룹에서 자신들의 역작이라고 했는지 말이야.”

뭔가 자신만만하게 시계를 복잡하게 여러 번 조작하자,

스팟!

평소에 화상 통신하듯 연락할 때 뜨던 홀로그램 화면이 시계 액정에 떠올랐다.

그런데 사람의 얼굴이 보이던 모습과 달리 무슨 컴퓨터 화면을 보는 듯 복잡하기만 하다.

그리고 깜빡이는 점들이 특이하게 시선을 끌었다.

“뭡니까?”

진운이 깜빡이는 점이 유독 신경이 쓰여서 물어보자 베이스퍼는 입가에 미소를 가득 머금고서는,

“대동그룹에서 쏘아 올린 정찰 위성이네.”

“……?”

순간 진운은 자신이 뭔가 잘못 들었다고 생각했다.

“정찰… 위성이요?”

“그렇다네.”

“그 뭐냐, 그거 인공위성 맞죠?”

“당연한 것을 왜 묻는 것인가?”

베이스퍼가 진운이 재차 물어보는 것에 한마디 하자,

“설마 저 깜빡이는 점들로 표시되는 것이 다… 정찰 위성인 겁니까?”

홀로그램 화면 위에 떠서 깜빡이는 점이 어림잡아 다섯 개는 넘어 보였기에 혹시나 하는 생각에 물어보자,

“원래는 열 개지만 현재 가장 가까이 있는 정찰 위성이 다섯 개 정도라서 화면에는 그렇게 표시되는 것이네. 그런데 설마 듣지 못했는가? 이 시계를 통해 정찰 위성에 접속할 수 있다는 것을 말이야.”

“…….”

진운은 뭔 놈의 시계가 슈퍼컴퓨터 급이냐고 소리치고 싶었지만 상황이 상황인지라 꾹 참았다.

그런데 시계를 통해 인공위성에 접속한다니 이건 들어보지도 못했기에 황당해서 베이스퍼를 바라보자,

“역시 아무런 말을 듣지 못했구만. 시리 양이 그냥 시계만 넘겨준 모양이군.”

“…….”

“그리고 조작 설명서도 다 읽지 않았고 말이야.”

"그야… 뭐……."

그놈의 설명서만 나오면 할 말이 없어지는 진운이다.

"자네는 대동그룹의 전폭적인 지원이 뭔지 아직 확실하게 깨닫지 못한 모양이구만."

베이스퍼가 진운의 나태한 모습에 날카롭게 한마디 하자 변명을 하기보다는 조용히 듣기로 한 진운이다.

"내가 설명해 주겠네. 시계 하나와 대동그룹에서 쏘아 올린 정찰 위성 한 대가 서로 직접적으로 연결되어 있다는 소리네. 즉 진운 군이 차고 있는 시계와 직접적으로 연결된 정찰 위성 한 대가 있다는 말이지. 알겠는가?"

베이스퍼의 말을 가만히 듣던 진운은 조용히 시계를 보다가,

"설마 시계 때문에 정찰 위성을 만든 건가요?"

물론 자기가 말해놓고도 조금 황당한 질문이긴 했지만 순간적으로 그런 생각이 들어 물어본 것이다.

"뭐… 질문의 앞뒤가 바뀌긴 했지만 전혀 틀린 질문은 아니네. 정찰 위성 때문에 지금 우리가 차고 있는 시계가 만들어졌으니 말이야."

"설마 그 말씀은… 제가 마음대로 접속할 수 있는 정찰 위성 하나가 배당되어 있다는 말입니까?"

전 세계적으로 국가에서 자신들의 기술력과 사활을 걸고

만드는 것이 바로 인공위성이다.

그것도 그냥 방송통신용 위성 말이다.

기술 개발에 들어가는 자금만 해도 천문학적인 액수지만, 그게 그렇게 돈을 들인다고 다 성공하는 것도 아니다.

그것뿐인가?

인공위성을 만들어도 중력이 0인 지점까지 쏘아 올리는 것도 엄청난 돈과 시간, 그리고 노력과 기술력이 들어간다.

미사일 기술을 가진 나라가 우주산업을 지배한다는 말이 그냥 나온 게 아닌 것이다.

우주로 무언가 쏘아 올리기 위해서는 필수적인 기술이 바로 미사일 발사 기술이다.

아무리 진운이 정치나 경제에 관심이 없다고 해도 인공위성 하나 쏘아 올리는 데 국가적으로 움직인다는 것은 충분히 알고 있었기에 이렇게 놀라는 것이다.

국가가 움직여도 성공 가능성이 50%로 알고 있는데 일개 기업이 무려 열 개나 되는 인공위성을, 그것도 군사적인 목적이 분명한 정찰 위성을 가지고 있다는 것을 쉽게 믿기가 힘들었다.

거기다 더 웃긴 것은 그런 정찰 위성 중의 하나를 진운 마음대로 쓰라고 준 것이나 다름없지 않는가.

지금까지는 그냥 마법적 기술력이 들어간 멋진 시계라고

만 생각했다.

통신도 되고 홀로그램부터 시계가 가지고 있을 것이라고 상상했던 그 모든 것을 뛰어넘은 테크놀로지 기술력과 마법의 결합된 작품이 바로 자신이 손목에 차고 있는 시계라고 생각했던 진운이다.

하지만 알고 보니 그 모든 기능은 한마디로 그냥 옵션에 지나지 않았던 것이다.

"자네도 한번 위성 접속을 시도해 보게나. 각자 배당된 정찰 위성과는 직접적인 링크가 가능하네."

모양은 시계였지만 실제 용도는 정찰 위성과 연결해서 정보를 받는 단말기였던 것이다.

"네."

진운은 곧바로 베이스퍼가 조작했던 것을 따라하기 시작했다.

물론 몇 번 틀리긴 했지만 처음 보고 따라하는 것치고는 제법 잘하는 편이었기에 의외로 쉽게 링크가 되었는지 진운의 시계에도 홀로그램이 뜨더니 베이스퍼와 똑같은 깜빡이는 점이 보이기 시작했다.

다만 베이스퍼와 다른 점이라면 유독 밝게 반짝이는 점이 있었다는 것과 그 밝은 점이 베이스퍼의 것과 다른 위치라는 것뿐이다.

"가장 밝은 것이 보이지 않는가? 그게 자네의 정찰 위성이네. 손가락으로 선택한 다음 화면에 가상 레버가 나타나면 그걸 조종해서 자네가 있는 곳을 중심으로 우주에서 정찰이 가능하네. 한번 해보게나."

그렇게 간단하게 설명을 한 베이스퍼가 능숙하게 자신의 위성을 터치하자 정말 무슨 게임기 패드를 연상시키는 듯 조종 레버가 나타났다.

홀로그램이 실제로 만져지진 않지만 베이스퍼의 손가락이 닿을 때마다 움직이는 것을 보면 뭔가 있는 듯했다.

그리고 몇 번 조작하더니 어둡기만 한 홀로그램의 화면이 갑자기 밝아지면서 숲과 나무가 가득한 화면이 떠올랐는데 가만히 보니 자신들이 있는 구덩이가 보인다.

"난 내가 방어했던 9시 쪽을 살펴보겠네. 자넨 3시 쪽을 중심으로 저격 로봇을 찾아봐 주게나."

"네."

진운은 마치 무언가에 홀린 듯 베이스퍼와 같이 위성을 움직여 화면을 띄우더니 곧바로 찾기 시작했다.

하늘 위에서, 그것도 우주에서 초정밀 정찰 위성의 렌즈로 살펴보는데 저격 로봇이 아무리 성능이 좋으면 뭐하겠는가.

우주에서 감시하는데 말이다.

정찰 위성을 조종하고부터는 일사천리였다.

순식간에 저격 로봇을 찾아낸 것이다.

워낙에 덩치가 크고 위장을 하지 않은 것인지, 아니면 할 필요가 없었던 것인지 밀림에 어울리지 않는 번쩍이는 금속 덩어리가 있어 너무나 손쉽게 찾아낸 것이다.

그러고는 홀로그램 화면에 손가락을 터치하자 곧바로 화면이 무언가에 당겨지듯 빨려들어 가더니 전체 화면이 뜨면서 베이스퍼와 진운이 찾은 저격 로봇의 위치가 빨간 점으로 반짝거리면서 표시되었다.

"대충 이 정도면 이 구덩이에서 나가더라도 충분히 찾을 수 있겠군."

베이스퍼는 위성이 보내주는 화면을 보면서 지금 자신들이 있는, 위에서 내려다보는 화면을 기억하려는 듯 집중했다.

그리고 레이나를 보더니,

"레이나 양."

―네.

"지금 위성이 보여주는 화면과 똑같은 높이까지 올라간다면 활로 저격이 가능하겠습니까?"

한마디로 지금 위성에서 보이는 화면과 비슷한 높이까지 올라가 빨간 점으로 표시되어 있는 곳을 찾아서 바람의 화살로 저격해 달라는 말이다.

활과 총, 사실 객관적으로 보면 말도 안 되는 싸움이지만 세계수의 가지로 만들고 마나로 바람을 조종해서 만든 바람의 화살이라면 충분히 해볼 만하다고 생각한 베이스퍼였다.

그런 베이스퍼의 생각을 읽었는지 레이나는 고개를 끄덕이면서,

―거리는 상관없어요. 제가 눈으로 볼 수만 있다면 절대로 빗나가는 일이 없을 겁니다.

"좋아요. 그럼 레이나 양이 저격 로봇을 상대하는 것으로 합니다. 그리고 녀석들의 공격은 저와 진운 군이 책임지죠."

계획은 정말 단순했다.

정찰 위성이 전체 화면으로 잡고 있는 화면과 비슷한 곳까지 올라가서 하늘에서 레이나가 바람의 화살로 저격한다는 것이다.

다만 문제가 있었는데, 정찰 위성이 전체 화면을 잡고 있는 높이가 결코 낮지 않다는 것이다.

"삼십오 미터까지 뛰어오르는 것이 문제네요."

진운이 홀로그램 화면 옆으로 높이가 표시된 숫자를 읽으면서 나직하게 말했다.

"그렇군."

베이스퍼도 계획은 잘 짰는데 실행하려고 하니 지상에서 삼십오 미터 높이까지 뛰어오르는 것이 가장 큰 문제였다.

"마법으로 안 될까?"

진운이 레이나를 보면서 물어봤지만 레이나는 고개를 저으면서,

―물론 하늘을 나는 마법이 있긴 해. 하지만 상승 속도가 느려서 그전에 집중 공격을 받을 거야. 어쩌면 공중에서 중심이 흔들려서 막는 게 불가능할지도 모르고 말이야.

상대는 로봇이다.

컴퓨터가 조종해서 쏘아대는 총알은 결코 실수가 없기에 진운이 실수하는 순간 생사가 오갈 수 있는 중요한 문제였던 것이다.

당연히 레이나는 논리적으로 아무리 생각해도 플라이 마법으로 삼십오 미터까지 날아오르는 것은 포기하는 게 안전하다고 판단했다.

"진운 군."

"네."

"자네는 최대로 높이 뛰면 얼마나 뛰어오를 수 있는가?"

"음……."

베이스퍼의 말에 진운은 대륙에 있을 때 자신이 나무를 타고 이동했던 경험을 생각해 봤지만 역시나 십 미터를 조금 넘는 정도이다.

"십 미터 정도가 한계일 듯하네요."

"역시… 자네도 그렇군."

"베이스퍼 씨는 얼마나……?"

"나? 나는 뭐 칠팔 미터 정도이네."

"그렇군요."

삼십오 미터에는 터무니없는 높이었기에 둘 다 한숨만 내쉬었다.

사람이 장대나 아무런 도움 없이 십 미터를 뛴다는 것은 대단하다 못해 경이롭기까지 하는 일이지만 지금의 상황에서는 능력이 부족하다는 말밖에 되지 못하는 상황이다.

—빠르게, 그리고 최대한 단시간에 삼십오 미터까지 올라가야 해요.

"흠."

레이나의 말에 모두가 고심해 봤지만 역시나 상대가 저격 로봇이라는 것이 가장 큰 걸림돌이었다.

저격수가 사람이라면 어떻게든 심리적인 요건이라도 생각해 볼 수 있겠지만 로봇인 이상 그런 것 자체가 모두 무용지물이었으니 말이다.

그런데 한참 고민하던 상황에 진운이 뭔가 결심한 듯한 표정으로 베이스퍼를 보면서,

"혹시 폭탄을 가지고 있으신가요?"

"폭탄?"

뜬금없이 물어보는 말이다.

"수류탄처럼 살상력이 높은 것은 제외하고 폭발력만 있는 것으로요."

"수류탄은 안 되고 폭발력만 있는 것이라……."

진운의 말에 잠시 품을 뒤지던 베이스퍼는 어른 주먹만한 크기에 네모난 것을 꺼내 보여주었다.

"이건?"

언뜻 봐서는 초등학교 때 진흙 놀이를 위해서 사용하던 진흙과 너무나 똑같아 베이스퍼를 쳐다보자,

"C4 폭약이네."

흔히 C4라고 부르는 제4형 복합 폭발 물질(Composition-4 Explosives)은 기존의 건식 화약(흑색 화약을 비롯한 고체형 화약)이었던 다이너마이트나 습식 화약(액체형 폭탄)이었던 TNT를 대체할 폭발 물질로서 2차 대전 이후 급속히 개발되었으며 현재 가장 흔하게 알려진 폭탄 중의 하나이다.

그리고 C4는 TNT와 RDX를 적당한 비율로 섞어 만든

C형 복합 물질을 토대로 만들어지는 것이 기본 제작법이
다.

그런데 엄밀하게 말하자면 C4는 폭탄이 아니라 폭약에
속했다.

보통의 사람들은 C4 하면 당연히 폭탄으로 생각하는 사
람이 대부분이다.

폭약은 화약류 중에서 폭발 반응이 신속하고 폭굉(爆轟),
즉 충격파를 수반하여 폭발을 일으키는 것이 폭약이다.

반면, 폭탄은 일반적으로 인명의 살상과 구조물의 파괴
를 위해서 항공기로부터 투하하는 폭발물을 통합한 말이
다.

즉 폭탄과 폭약은 쓰임새가 서로 다른 것이다.

아무튼 C4는 군용 플라스틱 폭탄으로 알려진 TNT보다
1.34배 더 강하면서 월남전에서도 제법 많이 사용된 기록
이 있다.

C4의 특징 중에 특이한 것은 바로 안전성에 있다.

일반적인 다른 폭발물들은 충격에 취약한 것이 대부분이
지만 특이하게 C4는 웬만한 충격에도 안정성이 보장되는
특성이 있다.

그렇다 보니 가장 흔하게 사용되면서도 그나마 안전한
폭발물인 것이다.

손으로 주무르거나 칼로 자르는 등 별의별 짓을 해도 폭
발하지 않는 것이 마치 지점토를 만지는 것과 비슷했다.

그리고 C4는 폭발 시 후폭풍이 강한 특성이 있기에 지
금 진운이 원하는 것에 가장 알맞아 베이스퍼가 꺼낸 것
이다.

"이거면 자네가 원하는 것에 충분히 적용된다고 생각하
네만 갑자기 왜 폭약은 찾나?"

뜬금없이 폭약을 찾는 진운의 모습에 비상시를 위해 가
지고 다니던 C4를 꺼내긴 했지만 도무지 무슨 생각인지 감
이 잡히질 않는 베이스퍼였다.

"저희가 대포알이 되어야 할 것 같아서요."

"대포알?"

대포알이라는 말에 잠시 손에 들고 있던 C4를 보던 베이
스퍼는 눈동자가 커지더니,

"설마 자네 이걸 밑에서 터뜨려서 그 폭발력으로 날아오
르자는 것은 아니겠지?"

현재 자신들이 있는 구덩이의 폭이 제법 좁은 편이라는
것, 이곳에서 C4와 같이 폭발력이 강하면서 후폭풍이 강한
폭약이 터지면 그 모든 힘이 한곳에 집중되기 쉽다는 사실
에 생각이 미쳤다.

그러다 문득 대포알이라는 말이 뭔지 바로 느낌이 온 베

이스퍼였다.

　한마디로 옛날식으로 화약을 넣어서 쏘던 대포처럼 자신들이 대포알이 되어 날아오르겠다는 말에 황당하다는 듯 진운을 바라보자,

　"상대가 로봇인 이상 어설픈 방법으로는 시도조차 해보기 전에 실패할 겁니다."

　진운이 나직하면서도 단호하게 말하자 베이스퍼도 어쩔 수 없이 고개를 끄덕일 수밖에 없었다.

　대구경 저격총을 연속으로 쏘아대는 저격 로봇들이 실수할 리는 없으니 말이다.

　상대가 그런 로봇이라면 어설프거나 안전하기만 한 방법보다는 조금 황당하더라도 가능성이 높은 방법을 택하는 것이 그나마 확률이 높을 수밖에 없다.

　하지만 위험한 것은 어쩔 수 없었다.

　"만약에 C4가 잘못 터지기라도 하는 날에는 우리 모두 폭발에 휩쓸릴 수도 있네."

　베이스퍼가 걱정하는 것은 바로 폭발에 휩쓸리는 것이다.

　초인이면 뭐하나, 재수없으면 그냥 가버릴 텐데 말이다.

　거기다 지금 진운이 하자고 하는 방법은 자살 행위나 다

름없었다.

—그럼 이건 어때요?

베이스퍼가 쉽사리 진운이 말한 방법에 동의하지 않자 레이나가 허공에 손을 넣어 아공간을 열더니 뒤적거리기 시작했다.

그리고 조금 뒤 꺼낸 것은 손가락 두께 정도의 커다란 뚜껑 모양의 반구형 철판이다.

"이건 뭐야?"

진운은 딱히 레이나가 가지고 다닐 만한 것이 아니라는 생각에 물어보자,

—전에 미영 언니 집을 싹쓸이하면서 남은 거야.

"아, 누나네."

얼핏 봐도 장식용으로 쓰였을 법한 것이긴 했다.

그런데 레이나가 그걸 뒤집더니 위쪽에 모두가 올라타고 아래쪽에서 C4를 터뜨리자는 의견을 내자 결국 베이스퍼도 어쩔 수 없이 동의했다.

사실 진운의 폭탄을 터뜨려서 그 폭발력으로 지상에서 삼십오 미터까지 날아오르자는 황당한 생각에 반대를 끝까지 하고 싶은 심정이었다.

하지만 아무리 고심해 봐도 그 방법 외에는 마땅히 대체할 만한 것이 없었기에 고집을 부릴 수도 없는 입장이

었다.

　"이제는 하늘에 맡기는 수밖에……."

　딱히 종교를 가지고 있지 않는 베이스퍼였지만 지금만큼
은 자신도 모르게 신을 찾고 있었다.

Chapter 04
날아라

—어때?

"설치는 모두 끝났어."

진운이 엄지손가락을 들어 올리자,

"이쪽도 끝났네."

베이스퍼도 엄지손가락을 들어 올렸다.

　무작정 폭탄을 터뜨리는 것은 실패할 확률이 높다 보니 사각형으로 균형을 맞춰서 동시에 터뜨려 가능하다면 안전하게 날아오르려 제법 고심해서 설치했다.

　물론 성공 여부는 터뜨려 봐야 알겠지만 말이다.

“성공했으면 좋겠군.”

이왕 여기까지 온 마당에 망설이는 것은 바보 같은 짓이기에 베이스퍼도 최선을 다할 수밖에 없었다.

특히나 폭약을 많이 다뤄본 베이스퍼였기에 진행하는 데는 크게 어려움이 없었다.

“모두 올라와.”

반구형의 철판 위에 올라서서 레이나를 중심으로 양쪽으로 진운과 베이스퍼가 보호하듯 서고 나서 서로 눈을 마주쳤다.

“자, 그러면 어디 날아올라 볼까?”

사실 진운은 자신이 아이디어를 내긴 했지만 성공 여부는 장담할 수 없었다.

어쩌다 번뜩이듯 예전에 영화에서 주인공이 폭탄이 터지는 폭발력으로 위험에서 벗어나는 장면이 떠올라 하자고 했을 뿐이니 말이다.

“누른다.”

C4와 연결되어 있는 스위치에 올라간 손가락에 힘이 들어가는 순간,

콰콰쾅!!

엄청난 소리와 함께 마치 땅에서 강하게 잡아당기는 느낌이 드는 순간 시야가 확 트이면서 정글이 발아래로 보

인다.

"성공했다!"

진운이 폭발 스위치를 누르고 1초도 되지 않는 짧은 시간에 성공과 실패가 판가름 나는 상황이었으니 기쁨이 큰 건 당연했다.

―플라이(Fly)!!

옆에서 레이나의 마법이 실행되는 소리가 들리자 놀랍게도 허공에 진운과 베이스퍼, 그리고 레이나의 몸이 그대로 멈춰 버렸다.

"굉장하군. 내가 날다니……."

베이스퍼도 스스로 허공을 날아본 경험이 없기에 지금 레이나의 마법으로 나는 경험이 굉장히 신기했다.

하지만 그런 신기함도 잠시였다.

피슝!

"시작이다!!"

캉!!

진운이 귀신같이 자신들을 찾아서 날아오는 총알을 칼라드볼그로 튕겨내면서 소리쳤다.

"역시 로봇이군."

캉!!

베이스퍼도 자신에게 날아오는 총알을 튕겨내기에 정신

없었다.

"레이나, 부탁해!"

계획보다 더 높은 곳까지 날아오르긴 했지만 오히려 땅에 있을 때보다 저격 로봇에게는 더 상대하기 편하게 되었고, 그걸 막아야 하는 진운과 베이스퍼에게는 힘든 상황이 되었다.

총알이 극도로 집중되기에 털끝만큼의 실수가 있어서도 안 되었다.

한순간에 총알이 몸을 뚫고 지나가 버릴 수도 있는 위험에 아슬아슬하게 줄타기하고 있는 것이나 다름없었다.

—걱정 마!

레이나는 단호하게 대답하고는 아공간에서 활을 꺼내더니 힘껏 시위를 잡아당겼다.

끼리리릭!!

그리고 바람의 화살이 생겨나자 하늘을 향해 방향을 틀더니,

핑!

시위를 놓았다.

그것을 시작으로 빠르게 연속으로 활시위를 잡아당겼다가 바람의 화살이 생기기가 무섭게 놓기를 반복했다.

슈슈슈슈슈슈!

언뜻 봐서는 마치 연필로 그어놓은 듯 일직선으로 연결된 듯 바람의 화살이 날아가는 모습이다.

그렇게 바람의 화살을 모두 날린 레이나는 활을 아공간에 집어넣더니 양손을 하늘로 향했다.

―파인드(Find)!

레이나의 양손에 집중된 마나가 마법으로 변환하자 그녀를 중심으로 푸른빛이 사방으로 퍼져 나갔다.

그리고 놀랍게도 빛이 퍼져 나간 뒤 푸른색 빛이 한자리에 머무는 곳이 생겼는데 그곳이 바로 저격 로봇이 있는 위치와 정확하게 일치했다.

―타깃팅(Targeting)!

스팟!!

레이나의 주문이 완성되자 푸른색이던 빛이 붉은색으로 변하기 시작했다.

그리고 그동안 레이나가 하늘로 쏘아 올렸던 바람의 화살이 모습을 드러냈다.

쐐에에에에엑!!!

바람을 찢으면서 떨어지는 바람의 화살은 마치 유성이 떨어지듯 한줄기 빛으로 된 꼬리를 달고 떨어지기 시작했는데, 조금씩 스스로 방향을 틀기 시작하더니 정확하게 레이나의 타깃팅 마법으로 붉게 변한 곳을 향해 흩어졌다.

쾅!!

콰콰쾅쾅쾅!!

그리고 하늘에서 전투기가 미사일로 폭격한 듯 엄청난 굉음과 함께 땅이 움푹 파인 흔적만 남기고 완전히 부서져 버린 저격 로봇의 흔적만 남아 있을 뿐이다.

"굉장하군."

전술적으로 보면 레이나는 걸어다니는 폭격기나 마찬가지였다.

"깔끔하군."

더 이상 총알이 날아오지 않는 것에 레이나의 공격이 성공했다고 판단하고 땅으로 내려온 진운 일행은 자신들을 공격했던 녀석들의 정체가 궁금해서 가까이 다가가 보았다.

"완전히 부서져 버렸군."

형체는커녕 원래 어떤 모양이었는지도 알아보기 힘들 만큼 부서져 버린 흔적만 남아 있을 뿐이다.

"일단 위험은 넘긴 건가."

어차피 녀석들의 초대를 받고 움직인 이상 위험이 기다리고 있을 것이라고는 예상한 일이다.

하지만 이처럼 저격 로봇이 떼로 기다리고 있을 줄은 몰랐고, 지금까지 중에 가장 위험했던 순간이기도 했다.

그리고 그만큼 테칸과 로이칸이 작정하고 기다리고 있었다는 것을 여실히 드러내는 상황이다.

"빠르게 움직이는 것이 더 우리에게 유리하겠는데요."

진운도 이번 저격 로봇의 공격은 등골이 서늘할 정도로 긴장했기에 이대로 적이 준비해 둔 함정을 모두 상대했다가는 도착하기도 전에 자신들이 먼저 지쳐 버릴지도 모른다는 생각이 들어 말했다.

"진운 군의 말이 맞아. 이대로 녀석들이 준비해 둔 함정을 모두 상대했다가는 시간도 시간이지만 우리가 먼저 지칠 것이 분명해."

대답하며 레이나를 한번 쳐다보는 베이스퍼였다.

처음 게릴라를 상대할 때도 그렇고 이번 저격 로봇을 상대할 때도 레이나의 역할이 결정적일 뿐만 아니라 거의 레이나가 마법으로 상대했다고 해도 과언이 아니다.

하지만 베이스퍼가 본 레이나의 힘도 한계가 있을 것이다.

테칸과 로이칸을 직접 상대해야 되는 진운과 베이스퍼는 가능하면 녀석들을 상대하기 전까지는 자신들의 힘을 조금이라도 아끼려는 생각에 웬만하면 적극적으로 나서지 않았다.

그렇다곤 해도 남자인 자신들은 뒤로 빠지고 여자인 레

이나가 계속 처리하는 것에 마음이 편할 리 없었다.

이건 힘을 떠나 남자의 자존심에 상처받는 일이다.

─그럼 나무 위로 이동하죠.

레이나는 가장 적의 시야를 가릴 수 있으면서도 이동하기에도 무난한 편인 방법을 제안했다.

사실상 지금 상황에서는 가장 빠른 길이 될 것으로 느껴 모두 기다렸다는 듯 고개를 끄덕였다.

레이나만큼은 아니지만 진운은 이미 대륙에서 나무를 발판으로 이동해 본 경험이 있었다.

그리고 베이스퍼도 마이스터라는 명성이 있으니 뒤처지진 않을 것이라 생각하고 지체없이 그러기로 한 것이다.

─그럼 제가 앞장설게요.

나무를 이용해서 이동하는 것만큼은 어쩔 수 없이 레이나가 다시 앞장서야만 했다.

자연 그대로 자라난 나무 사이를 빠르게 이동하기 위해서는 레이나가 최적이기도 했지만 그나마 나무 위쪽은 게릴라도 미처 생각지 못할 것이기에 가장 안전하기도 했다.

탓!

레이나가 먼저 빠르게 뛰어올라 나무 위로 올라서자 곧 진운과 베이스퍼도 뒤따라 가볍게 뛰어오르더니 순식간에 높은 나무 위로 따라 올라왔다.

탁!

먼저 가벼운 레이나의 발이 떨어지자 곧바로 진운과 베이스퍼도 움직였는데, 특이한 것은 첫발을 움직인 순간부터 오로지 레이나가 디딘 나뭇가지만 밟으면서 움직이고 있다는 점이다.

눈으로도 좇기 어려울 만큼 빠르게 움직이고 있지만 이미 그 정도는 감각만으로도 충분히 파악이 가능한 이들이기에 보일 수 있는 움직임이기도 했다.

Chapter 05
게릴라 맞아?

"의외로 저격 로봇 다음으로는 별다른 저항은 없는 것인
가?"

진운은 시야에 아지트가 보일 만큼 가까이 다가와서 잠
시 숨을 고르기 위해서 멈춘 다음 말했다.

―어쩌면 우리가 나무 위로 이동해서 그냥 지나쳤을지도
몰라.

레이나는 의외로 저격 로봇의 기습에 너무 고생했기에
최대한 조심스러우면서도 빠르게 이동했다.

언제 어디서 총알이 날아올지 모른다는 긴장감에 그들은

마치 날카롭게 갈려 있는 송곳처럼 감각이 예민해져 있었
다.

하지만 지금 아지트가 보이는 곳에 도착했지만 별다른
기습은커녕 아무런 문제 없이 도착하자 긴장감이 풀리면
서도 한편으로는 뭔가 아쉽다는 생각이 살짝 드는 것이
다.

"안전하게 왔으면 그걸로 만족하는 것도 좋을 것 같
군."

왠지 너무 평온하게 왔다는 것에 약간 아쉬워하는 듯한
표정을 짓고 있는 레이나와 진운의 모습에 베이스퍼가 나
직하게 한마디 했다.

"뭐…그건 그렇죠."

―죄송해요.

지금 자신들은 게임을 하거나 놀러온 것이 아니라 생사
를 가르는 적을 상대하기 위해서 왔다는 것을 결코 잊어서
는 안 되는데 진운이나 레이나의 모습을 보면 어쩔 때는 즐
기는 것 같은 느낌을 받는 베이스퍼였다.

그렇기에 따끔하게 한마디 한 것이다.

전쟁터에서 방심은 곧 죽음과 연결되는 경우가 대부분이
다.

한순간에 방심은 마스터, 아니, 마이스터에 오른 베이스

퍼일지라도 목숨을 담보로 해야 할 만큼 위험한 일이다.

아니, 오히려 힘이 강하고 두려울 것 없는 능력을 가지고 있을수록 방심으로 인해 죽을 위험이 컸다.

자만보다 더 독이 되는 것이 바로 방심이었으니 말이다.

무력 면에서는 확실히 베이스퍼가 레이나나 진운보다 약한 것은 사실이지만 한 번씩 번뜩이는 경험에서 우러나오는 한마디는 결코 무시할 수 없었다.

"그보다 참 많이도 모여 있구만."

베이스퍼가 영국의 MI−6에서 실험 테스트로 지급받은 슈트에서 작은 손가락 모양의 물건을 꺼내더니 눈에 가져다 대고는 쭈욱 늘리자 놀랍게도 망원경이 되었다.

사실 거리상으로 계곡과 같은 것을 사이에 두고 있기에 시력만으로 확인하기에는 어려움이 많아 망원경을 꺼내 든 것이다.

그리고 망원경으로 본 아지트의 모습은 과연 게릴라들이 맞는지 의심스러울 정도였다.

"대공포 네 대가 동서남북을 지키고 있군. 거기다 전차? 허어, 참……."

지금 베이스퍼가 보고 있는 손가락 굵기의 작은 망원경은 보기에는 어린아이들 장난감 같았지만 전술적으로 만든 장비였기에 웬만한 고성능 망원경보다 성능이 좋으면 좋았지, 결코 떨어지지 않았다.

그리고 그런 망원경으로 본 게릴라의 본거지는 한마디로 철옹성이었다.

"패트리어트 미사일까지… 기가 막히는구먼."

미사일을 요격하는 용도로 만들어진 패트리어트 미사일까지 게릴라의 아지트에 떡하니 보이자 과연 저 녀석들이 겨우 필리핀 정부에 반기를 든 게릴라들이 맞는지 다시 확인해 보고 싶은 마음이다.

상식을 완전히 벗어난 적의 모습에 혀를 내두르는 베이스퍼였다.

"주변에 지뢰가 넓게 깔려 있는 듯하네요."

게릴라의 아지트를 살펴보는 베이스퍼와 달리 진운은 아지트 주변을 꼼꼼하게 살펴본 결과, 아지트를 중심으로 직접 연결되어 있는 입구를 제외하고는 최소 500미터 반경은 모두 지뢰밭이라고 판단을 내린 것이다.

"지뢰? 어째서 그렇게 생각하는 겐가?"

베이스퍼는 진운이 너무나 단정적으로 말하기에 물었다.

진운은 말없이 손가락으로 한 곳을 가리켰고, 그곳을 본 베이스퍼는 저절로 눈썹이 찡그려졌다.

야생동물로 보이는 동물 몇 마리가 죽어서 썩어가고 있

는데 특이하게 다리가 세 개뿐이었던 것이다.

그것뿐만이 아니라 아지트와 좀 더 가까이 있는 동물은 온몸이 벌집처럼 걸레가 되어 썩어가고 있었다. 그 모습을 본 베이스퍼는,

"발목지뢰(정식 명칭:M14 대인지뢰)부터 고폭지뢰(정식 명칭:M16A2 대인지뢰)까지 있는가 보군."

다리가 세 개밖에 보이지 않는 야생동물의 시체는 보나마나 발목지뢰 때문이 확실해 보였다.

그게 아니면 저렇게 깨끗하게 다리 하나를 날려 버리지 못하니 말이다.

하지만 설마 고폭지뢰까지 아지트 주변에 묻어놨으리라고는 생각지 못했다.

고폭지뢰(M16A2 대인지뢰)란 정식 명칭대로 대인 살상용으로 만든 지뢰다.

일반적으로 지뢰 하면 밟았다가 떼는 순간 묻혀 있는 땅속에서 폭발하는 것이지만 고폭지뢰는 완전히 다르다.

고폭지뢰는 밟는 순간 지뢰의 몸통에서 사람 머리 높이로 주먹 크기만 한 폭발물이 튀어 올라 곧바로 폭발하는 특성이 있다.

그런데 그냥 폭발만 하면 고폭지뢰가 그렇게 무섭지는 않을 것이다.

튀어 오른 주먹 크기의 폭발물 속에 쇠구슬이 들어 있기에 고폭지뢰가 한번 터지면 그 주변 5미터는 구십 퍼센트 이상 모두 죽는다고 알려져 있다.

한마디로 밟는 순간 무조건 죽는 지뢰가 바로 고폭지뢰였다.

고폭지뢰는 군에서도 위험도 때문에 엄중하게 관리하는 편이다.

그런데 그런 것을 게릴라들이 자신들의 아지트 방어용으로 땅에 묻어놨을 정도라면 최소 수백 개가 보이지 않는 땅속에 묻혀 있다는 말이다.

"하늘로는 대공포에, 땅에는 지뢰밭이라……. 이거 산 너머 산이군요."

정말 어디 침투할 만한 빈틈이 전혀 보이지 않는 완벽한 요새가 바로 지금 이들이 보고 있는 게릴라 아지트였다.

찌이이이잉!!

진운은 지금 손가락이 저릴 만큼 게티아의 강렬한 반응을 보면 저 아지트 안에 테칸과 로이칸이 있는 것이 거의 확실함을 깨달았다.

하지만 바로 눈앞에 두고도 가까이 가지 못하니 답답하기 그지없었다.

“어쩌죠?”

지금 같은 상황엔 진운도 별 뾰족한 수가 없어 결국 전투 경험이 많은 베이스퍼에게 물어볼 수밖에 없기에 그를 쳐다보자,

“흠…….”

이미 진운이 묻기도 전에 베이스퍼는 나름 뭔가 틈이라도 있는지 망원경을 눈에서 떼지 않고 살피느라 여념이 없다.

―조금 기다려 보자.

게티아의 반응 때문에 진운이 조금 흥분했다는 것을 눈치챈 레이나가 슬쩍 진운의 어깨에 손을 올려 진정시켰다.

그제야 진운도 스스로 조금 흥분했다는 것을 알았는지 멋쩍게 웃었다.

하지만 그렇게 한 시간을 숨어서 살펴봤지만 결국 베이스퍼는 고개를 좌우로 흔들 뿐이었다.

“도저히 방법이 없어.”

요새의 벽은 가파른 일직선이고 패트리어트 미사일까지 준비해 놓은 게릴라들이 어설프게 빈틈을 보인다는 것은 사실 희망 사항인 것을 베이스퍼도 잘 알고 있다.

혹시나 하는 마음에 레이나에게 유적의 벽에서처럼 불로

써 공격해 줄 수 있느냐고 물었지만 레이나가 직접 지뢰가
묻힌 곳까지 가야 할 만큼 사거리가 짧다는 말에 포기해 버
렸다.

하지만 포기하지 않고 기계가 아닌 사람이니 느슨한 곳
이 있을 수 있기에 꼼꼼히 살펴봤지만 게릴라들이 얼마나
훈련이 잘되어 있는지 도무지 빈틈을 찾을 수가 없다.

"빈틈이 전혀 없는 겁니까?"

베이스퍼의 부정적인 말에 진운은 또다시 조바심이 나기
시작했다.

다만 이번에는 겉으로 드러나지 않고 있을 뿐이다.

"게릴라 수준이 아니야, 저 녀석들."

"네?"

"게릴라들은 보통 정규 훈련을 받는 경우가 거의 없네.
거기다 정규 훈련을 할 만한 여건도 되지 않고 말이야."

베이스퍼의 말에 진운도 고개를 끄덕였다.

게릴라는 말 그대로 불만을 가지고 모여든 집단이다.

그러다 보니 여러 성격과 함께 여러 사람들이 모이는 특
성 때문에 웬만한 카리스마를 가진 지도자가 아닌 다음에
야 게릴라들을 지휘, 통솔하기는 힘들다.

"하지만 지금 이곳에 있는 녀석들은 빈틈이 없어. 마치
러시아 스페츠나츠 부대에 잠입하던 생각이 저절로 날 만

큼 도무지 길이 안 보이는구먼."

"하아, 그 정도예요?"

베이스퍼가 일부러 가기 싫어서 저렇게 말할 리는 없으니 맞는 말일 것이다.

하지만 그렇다고 포기할 수도 없는 일이지 않는가?

여기까지 그 개고생을 하면서 왔는데 빈틈이 없다고 포기한다는 것을 있을 수가 없는 일이다.

사실 애초에 자신들이 불리할 수밖에 없는 조건이었다.

그걸 모르고 온 것도 아니고 다 각오하고 왔으니 결국 어떻게든 저 요새를 들어가야만 테칸과 로이칸을 만날 수 있다.

—제가 마법으로 하늘 높은 곳에서 떨어뜨리면 어떨까요? 지금 입고 있는 슈트, 이거 윙슈트잖아요.

파이어 익스플로전이 사거리가 짧긴 하지만 떨어뜨리는 것은 얼마든지 할 수 있기에 한 레이나의 말에 진운의 얼굴에 화색이 돌았다.

하지만 반대로 베이스퍼는 고개를 저었다.

"그게 불가능하네."

"네?"

—어째서요?

베이스퍼의 말에 뭔가 길이 보이는 듯하던 것이 또다시

꺼져 버리는 느낌에 진운이 다급히 물어보자,

"한번 윙슈트로 변환해 보게. 그럼 쉽게 이해가 갈 테니."

진운은 곧바로 일어나 손목을 가볍게 당겼다가 폈다.

그런데 뭔가 이상했다.

분명히 처음 침투할 때는 이렇게 했을 때 얇으면서도 질긴 막이 따라 펴지면서 날다람쥐 같은 모습으로 변했는데 어째서인지 막이 보이지 않았다.

탁탁탁!!

혹시나 잘못했는가 하는 생각에 진운이 몇 번이나 다시 시도했지만 여전히 윙슈트로서의 역할을 위해 꼭 필요한 바람막이 나타나질 않았다.

"이거 왜 이런 겁니까?"

진운이 너무 이상해서 물어보자,

"이 슈트가 윙슈트로서의 역할을 할 수 있는 것은 딱 한 번뿐이네."

"네에?"

─설마… 그럴 리가……?

베이스퍼의 말에 레이나마저 기가 막힌다는 듯 되물었지만,

"뭐 어쩌겠나? 일반 슈트에서 윙슈트로 변환이 가능한

슈트는 현재 이게 유일하고, 이건 테스트용 슈트이니 일회
용이라고 해도 그냥 그러려니 해야지.”

“하아! 설마 이게 일회용이라니…….”

온몸에 힘이 빠지는 순간이다.

진운이 그대로 주저앉아 버리자 베이스퍼는 그 모습이
안쓰러워 보였는지 위로한답시고,

“낙하산 슈즈도 일회용이었지 않은가? 그냥 그러려니 하
게나.”

“…….”

순간 진운은 낙하산과 이게 같은 거냐고 소리치고 싶었
으나 겨우 참아냈다.

하지만 냉정하게 생각해 보면 애초에 테스트용이라고 말
한 상황에서 용케 윙슈트는 고장이 없었다고 생각할 수도
있다.

역분사기가 중간에 고장 나버린 것을 보면 그나마 윙슈
트는 멀쩡했으니 말이다.

―그럼 윙슈트 없이 제가 진운과 베이스퍼 씨를 하늘에
서 바로 떨어뜨려 드릴게요.

어차피 베이스퍼나 진운 둘 다 범인의 수준을 넘어서는
초인들이니 웬만큼 떨어져서는 죽지 않을 것이다.

레이나가 계속 하늘에서 침투하자 말했지만 베이스퍼는

또다시 고개를 저었다.

―이번에는 왜요?

아무리 레이나라도 계속 이렇게 태클을 거는 베이스퍼가 못마땅해 눈빛이 날카롭게 변하기 시작했지만 베이스퍼는 끝까지 고개를 흔들 뿐이다.

"성공 확률 육십 퍼센트라고 할 수 있네. 그리고 아무런 상처 없이 무사히 적의 본거지에 내려선다는 확률은 이십 퍼센트고 말이야. 그나마 이런 확률이 나오는 것도 나와 진운 군이 초인이기에 가능한 확률이지 않는가?"

베이스퍼의 논리적인 말에 레이나는 고개를 끄덕일 수밖에 없었다.

게릴라를 소탕하는 것은 엄연히 말해 그들의 최종 목적이 아니다.

그렇기에 불꽃을 다루는 테칸과 로이칸을 상대해야 하는 진운과 베이스퍼가 다치면서까지 침투해 봤자 전투력만 떨어뜨릴 뿐이었으니 말이다.

―하지만 아지트에 침투하기만 하면 진운과 베이스퍼 씨 두 분이서 충분히 저곳을 무력화시킬 수 있지 않나요?

물론 레이나의 말도 맞는 말이긴 하다.

하지만 베이스퍼는 고개를 흔들었다.

"잊으면 곤란하네. 저곳에 테칸과 로이칸이 있다는 사실을 말이야.”

―그야…….

레이나가 잊을 리가 없다.

그 녀석들이 올 테면 오라고 초대했으니 말이다.

“레이나 양과 진운 군은 아직 내가 왜 이렇게 조심스럽게 행동하는지 쉽게 이해하지 못하는 것 같군. 그럼 말해주지. 내가 왜 이렇게 조심스러워하는지 말이야.”

그리고 베이스퍼가 조용히 입을 열기 시작했는데, 딱히 모르고 있는 정보가 있는 것은 아니었지만 반면 알고 있던 정보에서 생각을 달리 해야 하는 이야기가 제법 있었다.

“이게 내가 해줄 수 있는 이야기의 전부이네.”

이야기를 마친 베이스퍼가 입을 다물자,

“그러니까 테칸보다 로이칸 때문에 지금 이렇게 조심스럽게 움직이신 겁니까?”

“그렇다네.”

베이스퍼의 말을 들어보면 지금 베이스퍼가 이렇게까지 몸을 사리고 오해받을 만큼 꼼꼼히 살피고 가능성이 높은 것을 찾는 것은 모두 로이칸 때문이다.

전에 베이스퍼와 진운이 처음 만났을 때 아지트가 습격당한 것도 로이칸이 지시한 것이 분명했다.

무력으로 따진다면 테칸이 로이칸보다 훨씬 강했다.

하지만 로이칸은 테칸보다 힘이 약한 반면 머리가 비상했다.

그동안 테칸보다 로이칸 때문에 베이스퍼도 여러 번 뒤통수를 맞은 경험과 기억 때문에 어쩔 수 없이 조심스러웠다.

"레이나 양의 생각이 결코 나쁜 생각은 아니네. 하지만 과연 로이칸이 그걸 모르고 있을까?"

"……"

―…….

진운과 레이나 둘 다 베이스퍼의 말에 입을 열지는 않았지만 대충 베이스퍼와 같은 생각이긴 했다.

"그 녀석은 분명히 알고 있을 것이네. 우리가 자신들에게 가기 위해서 들어올 수 있는 곳은 하늘뿐이라는 것을 말이야. 물론 대공포가 있어서 위험하기도 하지만 이곳에서 볼 수 없는 아지트 안에 또 다른 무언가가 있을 수 있다는 생각 때문이기도 하네. 보이지 않는 위험만큼 무서운 게 없으니 말이야."

"…알겠습니다."

진운도 인정하긴 싫지만 베이스퍼는 자신보다 로이칸을 상대해 본 경험이 훨씬 많다.

그런 그가 이렇게 조심한다면 분명히 이유가 있을 것이다.

전투헬기를 상대로 맞장까지 뜨던 베이스퍼가 이 정도로 몸을 사리는 것은 그만큼 로이칸이 위험하다는 것을 여실히 보여주는 것이니 말이다.

―하지만 결국 다시 원점이네요.

레이나의 살짝 뾰족한 목소리에 베이스퍼는 웃을 뿐이다.

그녀는 성격상 자신이 직접 눈으로 보고 확인된 것만 믿는 편이기에 베이스퍼의 말을 반 정도만 믿고 있는 것이다.

그리고 아직 지구의 과학 발달로 만들어진 무기가 얼마나 다양하고 상상을 초월하는지도 자세히 알지 못해서이기도 하다.

베이스퍼도 그걸 가지고 나무랄 수는 없었다.

일반적으로 여자들이 군대나 무기에 대해 잘 모르는 것은 너무나 당연했기에 웃는 것이다.

"흠……."

또다시 시작된 고민은 결국 한 시간이 더 지났지만 달리 아이디어가 떠오르지는 않았다.

벌떡!

그때 갑자기 앉아서 게릴라들의 아지트만 유심히 보던 레이나가 일어서더니 주변을 살펴보고 나서 가만히 생각에 잠기는 듯했다.

하지만 그것도 잠시, 곧바로 진운에게 다가오더니,

―진운.

"응?"

―아예 쓸어버리자.

"응? 쓸어버리다니? 뭘?"

갑자기 다 쓸어버리자는 레이나의 말에 진운이 고개를 갸웃거리자,

―저 지뢰부터 아지트까지 다 부숴 버리는 거야.

"…뭐?"

순간 진운은 레이나가 무슨 생각으로 저런 말을 하는지 쉽게 이해가 되지 않았다.

"진심으로 하는 말이야?"

―응.

베이스퍼도 레이나의 말에 눈을 크게 뜨고 쳐다보고 있었지만 굳이 그들의 대화에 끼어들진 않았다.

"너 설마 헬파이어라도 날릴 생각이야?"

마법으로는 거의 최고급 공격 주문인 헬파이어는 이름 그대로 지옥의 불길이라는 뜻으로 한번 떨어지면 그곳의 땅마저도 시커멓게 타서 영원히 죽은 땅이 된다고 알려진 극악의 마법이다.

물론 그걸 실제로 시전할 만한 마법사가 대륙에도 거의 없기에 전쟁 시 헬파이어가 사용된 적은 없다.

—아니, 그걸 쓸 생각도 없지만 이곳에서는 쓰지도 못해. 마나가 부족해서.

"아, 그렇지, 이곳은."

진운은 자신이 알고 있는 장거리에 가장 강한 마법이 생각나서 한 말이었을 뿐 헬파이어가 발동하기 위한 필요한 조건을 깜빡한 것이다.

강한 마법을 사용하기 위해서는 당연히 주문도 길고 준비 기간도 오래 걸리지만 불가피하게 필요한 것이 있으니 바로 마나였다.

마법사 개인의 마나 양으로 헬파이어를 사용할 수는 없었다.

일반적으로 마법사가 자신이 가지고 있는 마나로 마법을 사용한다고 생각하는 경우가 많은데 그건 틀린 생각이다.

마법사가 가진 마나는 그저 마법을 사용하기 위한 스위치일 뿐이다.

그 스위치를 이용해 마법사 주변의 마나를 끌어당겨 마법을 완성하는 것이 바로 마법의 진정한 발현이다.

지금까지 레이나가 지구에서 큰 마법을 사용한 적이 없

는 것은 사용하지 않은 게 아니라 사용할 수가 없었던 것으로 지구의 마나가 대륙에 비하면 거의 사막 수준이기 때문이다.

—저번에 불상을 아공간에 넣었을 때 기억해?

"불상? 아, 그거야 기억하지. 며칠 지났다고 그걸 잊겠어."

—이번에도 그렇게 도움이 좀 필요해.

"도움? 설마……."

진운은 레이나가 이렇게까지 확정적으로 말하는 모습에 놀라면서,

"정말 저 요새를 날려 버릴 방법이 있는 거야?"

"레이나 양, 지금 그 말이 사실인가요?"

베이스퍼도 가만히 듣다가 더 이상 참지 못하고 끼어들었다.

저 철옹의 요새로 보이는 곳을 날려 버린다니?

아니, 애초에 처음부터 그럴 수만 있다면 얼마든지 날려 버리고 싶었던 베이스퍼다.

애초에 마신의 힘으로 보호받고 있는 테칸과 로이칸이 쉽게 죽을 리도 없지만 죽어준다면 오히려 고맙게 생각할 테니 말이다.

—네, 다만 도움이 필요해요.

벌떡!

베이스퍼는 갑자기 벌떡 일어서더니,

"얼마든지 도와드리겠소."

―진운은 어쩔 거야?

베이스퍼가 적극적으로 나오자 레이나는 아직 앉아 있는 진운을 향해 미소를 보이는데 진운도 결국 일어설 수밖에 없었다.

"무슨 생각인지 모르지만 날려 버릴 수만 있다면 나도 찬성이야."

―그럼 준비해 볼까?

적극적으로 모두 도와준다고 하니 레이나는 곧바로 자신의 아공간에서 반짝이는 유리 같은 것을 꺼내기 시작했는데, 생긴 것이 어째 마치 자수정 같았다.

딱히 가공을 한 것 같진 않았다.

울퉁불퉁하고 투박한 것이 그냥 캐낸 그대로의 외형이었으니 말이다.

"그거 뭐야?"

―응? 아, 이거? 마나석이야.

"마나석?"

―진운도 들어본 적 있을 거 아냐? 마나를 품고 있는 돌 말이야.

"아, 그 마나석? 근데 그거 제법 비싸지 않아?"

진운이 마법사가 아닌 것도 있지만 보기에 지구에 흔한 자수정처럼 보이는 외관 때문인지 그리 욕심나거나 하진 않았다.

하지만 대륙에 있을 때 가끔 듣기로 마나석 자체가 워낙에 귀하고 마법사들이 마나석이라면 마누라라도 팔아서 구한다고 할 만큼 엄청난 물건이라고 들은 바 있는 진운이었다.

그래서 레이나에게 물어보자,

—인간들 기준으로 이거 하나가…….

덥석!

레이나는 자신이 꺼내놓은 여러 개의 마나석 중 중간 크기의 마나석을 집어 들어 진운에게 보여주면서,

—웬만한 남작의 영지 하나와 값어치가 비슷해.

"남작의 영지?"

귀족이라는 개념이 전혀 없는 진운에게 남자의 영지를 예로 들어봐야 선뜻 이해가 되지 않는 것은 당연했다.

—아, 그냥 간단하게 이야기하면, 이거 하나가 지구를 기준으로 하면, 음, 100억 정도 되려나?

"100억?!"

확실히 돈으로 표현하니 금방 이해한 듯 진운이 크게 놀

란다.

"이런 거 하나가 100억씩이나 해?"

―물론 대륙에서만이야. 이곳 지구에는 마법사가 없으니 그저 흔한 수정에 불과해. 진운이 이해하기 쉬우라고 대충 예로 든 것이고, 주인을 누구를 만나느냐에 따라 그 값어치는 100억에서 1,000억까지도 호가하는 게 바로 이 마나석이야.

레이나의 말을 듣던 진운이 그녀의 손에서 마나석을 받아 손에 쥐자 따뜻하면서도 청량한 느낌이 손을 타고 몸에 전해지는 것을 바로 느낄 수가 있었다.

확실히 마나석이라는 이름처럼 마나를 머금고 있는 것은 맞는 듯했다.

하지만 사실 지구에 살던 진운은 겨우 이런 주먹만 한 자수정 덩어리 하나가 억 단위로 거래된다는 게 가슴에 와 닿지는 않았다.

마나석을 사는 유일한 구매 고객이 마법사였으니 어쩌면 당연했다.

지구에는 마법사가 없었으니 말이다.

"이걸 사는 녀석들은 마법사겠지?"

―당연하지. 마나석의 가치를 인정하고 사용할 수 있는 건 오직 마법사뿐이니까 말이야.

"…이딴 걸… 그렇게 비싸게 산다니 참 이해가 안 가네."

몸 안에 마나가 충만한 진운에게 마나석은 그냥 마나가 들어 있는 수정 그 이상도 이하도 아니었다.

―뭐든지 사용하기에 따라서 그 가치는 얼마든지 변하는 법이야. 인간들이 목숨 걸고 가지려는 금을 생각해 봐. 우리 엘프가 보기에는 그저 노란 금속에 불과하지만 인간들은 그것만 보면 눈이 뒤집히던데.

레이나의 냉정한 비교에 진운은 피식 웃으면서,

"그건 그렇지. 금이라면 자기 부모도 죽이는 게 이곳의 인간이니까."

보험금을 노리고 부모를 죽이는 녀석들이 있고, 그 반대로 부모가 자식에게 보험을 들어놓고 죽이는 경우도 있었다.

남편이 아내를 그렇게 죽이고, 아내가 남편을 죽이는 것은 이제 흔한 일이 되어버릴 만큼 현재 지구의 가치관의 중심은 단연코 돈이었다.

그리고 돈은 바로 금이니 레이나가 한 말이 틀린 말도 아니다.

처음 금이라는 금속에 의미를 부여하고 가치를 정한 것은 바로 인간이다.

하지만 시간이 흘러 그것이 익숙해졌을 때는 금이 인간

보다 위에 서버린 후였다.

　―서둘러.

　잠시 레이나의 말을 곰곰이 생각하던 진운은 그녀의 채근에 곧 마나석을 손에 쥐고 움직이기 시작했다.

Chapter
06
폭격

—정확하게 땅에 묻었어?

"응, 두 번이나 확인했어."

—베이스퍼 씨는요?

"나도 두 번이나 확인했네. 일 밀리미터의 오차도 없이 정확하게 표시한 곳에 묻어뒀네."

—좋아요. 그럼 지금부터가 중요해요.

마나석 여러 개를 꺼내더니 그것을 정확한 위치에 땅에 묻어달라는 지시했던 레이나는 눈을 감고 중얼거렸다.

윙윙윙윙윙!

마치 그녀의 중얼거림에 반응하는 듯 베이스퍼와 진운이 땅에 묻어놓은 마나석이 반응했다.

―정확하게 처리했네요. 수고하셨어요.

일부러 점검한 듯 확인을 마친 레이나가 만족한 듯 웃음을 짓자 그제야 베이스퍼와 진운도 한숨을 내쉴 수 있었다.

사실 그들이 마나석을 땅에 묻는 것은 일도 아니었다.

다만 정작 문제가 되는 것은 바로 정확한 치수대로 묻는 것이었다.

그녀는 한 치의 오차도 허용하지 않았기에 몇 번이나 묻었다가 다시 꺼내기를 반복했다.

아무리 정확하게 마나석을 놓고 흙을 덮더라도 그 순간 마나석이 움직일 수가 있다.

혹여라도 그렇게 움직이면 무조건 어긋나게 되니 다시 파내서 묻기를 반복할 수밖에 없었던 것이다.

결국 몇 번이나 파내고 묻고를 반복하던 진운이 힘으로 마나석을 땅에 쑤셔 박고 흙을 덮고 나서야 그나마 똑같은 짓을 반복하지 않을 수 있었다.

―그럼 제 양쪽에 서주세요.

레이나는 베이스퍼와 진운을 자신의 양쪽에 서도록 만들더니 아공간으로부터 세계수의 가지로 만든 활을 꺼내 들었다.

"활?"

베이스퍼는 뭔가 엄청난 마법을 사용할 것이라고 생각했
는데 뜻밖에도 활을 꺼내자 이상해서 물었다.

—어차피 이곳에서는 마나가 부족해서 대단위 공격 마법
은 사용할 수가 없어요. 아까 이곳으로 오면서 사용했던 파
이어 익스플로전이 한계거든요.

"아, 그래도 그걸 다시 사용하면?"

베이스퍼는 자신이 생각하기에 유적의 벽에서 쏟아붓던
파이어 익스플로전의 엄청난 파괴력을 지금도 생각해서 물
어본 것이다

하지만 이번에는 레이나가 고개를 저으면서,

—그건 사거리가 짧아요. 그리고 정확한 지점에 떨어뜨
리려면 바로 위에서 던져야 하는데… 여기서는 불가능하잖
아요.

"험, 그렇군요."

마법이라는 것이 무조건 만능이라고 생각하고 있는 베이
스퍼는 레이나가 말한 조건을 듣고서는 무안한 듯 헛기침
을 했다.

자신이 본 레이나는 정말 현명하면서도 똑똑한 여자였
다.

힘을 가지고 있는 자는 오만하거나 그 힘에 취하게 마련인데 그런 모습이 전혀 없었으니 말이다.

그런데 그런 그녀가 파이어 익스플로전을 사용하지 않은 데는 다 이유가 있다는 점을 미처 생각하지 못하고 물어본 것이다.

어떻게 보면 레이나에게 실례가 될 수도 있기에 일부러 헛기침을 하면서 슬쩍 말을 끊었다.

그리고 그걸 모를 리 없는 레이나였다.

─괜찮아요. 진운도 잘 모르고 있으니까요.

"미안하군요, 레이나 양."

정중하게 사과하자 레이나도 정중하게 사과를 받아들였다.

"그럼 그 활은 괜찮다는 거야?"

진운이 가만히 옆에서 듣고 있다가 한마디 하자,

─응, 이건 좀 특별하거든. 그리고 이곳이기에 가능하기도 하고 말이야.

"특별? 이곳이라서 가능해?"

영문 모를 말을 하는 진운에게 웃어 보인 레이나는 들고 있던 세계수의 가지로 만든 활을 흔들었는데 그러자 장궁에서 순식간에 단궁으로 줄어들었다.

─진운은 세계수가 정확하게 뭔지 잘 모르고 있지?

끼리리리릭!!

단궁으로 변한 활을 힘껏 잡아당기면서 레이나가 물어보자 진운은 고개를 끄덕이면서,

"뭐 엘프들의 생명 탄생과 관련있다는 것 정도? 그 정도밖에 모르지."

―뭐 그 정도면 대륙의 인간들이 알고 있는 수준이네. 하지만 이 활이 바로 그 세계수의 가지로 만든 활이라는 것은 모르고 있었을 거 아냐.

"응? 세계수의 가지?"

사실 진운은 레이나가 활을 쓸 줄 안다는 것도 이번에 처음 알았으니 그녀가 들고 있는 활이 세계수의 가지로 만든 건지 어떤 건지 알 리가 없었다.

―응. 하이엘프들에게만 전해지는 유일한 무기이자 가장 강력한 무기가 바로 이 세계수의 가지로 만든 활이야.

"……."

레이나의 말을 듣고 있던 진운은 뭔가 생각하더니 뭔가 느낌이 왔다는 듯한 표정으로,

"설마… 지금까지 활을 사용한 공격은 레이나의 마법이 아니었던 거야?"

―어머? 눈치가 빠르네.

레이나는 설마 진운이 그것까지 알아채리라고는 생각지

못했는지라 생각보다 빠르게 진운이 알아채자 조금 놀랐
다.

보통 이 정도 이야기만 듣고 진운처럼 바로 알아채는 경
우는 거의 없었으니 말이다.

"허얼! 설마 그 무시무시한 공격이 모두 저 활의 능력이
라고?"

좀비를 한꺼번에 몰살시켜 버린 하늘에서 쏟아진 바람의
화살을 생각하면 지금도 쉽게 믿어지지 않는다.

사실 진운은 활은 그저 바람의 화살을 만들기 위한 도구
에 불과하다고 생각했다.

바람의 화살도 모두 레이나의 마법이라고 생각했던 진운
이기에 화살이 스스로 장애물을 피해서 가는 것도 마법이
니 당연하다고 생각했다.

그런데 지금 보니 그게 마법이 아니라는 말은 충격일 수
밖에 없었다.

—세계수의 가지로 만든 활은 특이한 능력이 있어. 특히
나무가 많을수록 그 힘이 강해지는 특성이 있지.

끼리리릭!!

다시 활의 시위를 힘껏 잡아당겨 보는 레이나의 모습에
진운은 머릿속으로 무언가 정리하기 시작하더니,

"아, 그래서 이곳에서라는 조건이 붙었던 거구나."

─눈치챘어?

"대충은. 엘프들이 숲에서 사는 것과 대충 연관지었더니 이해가 되네."

─진운, 생각보다 센스가 좋아. 이런 것에는 정말 눈치가 누구보다 빠르네.

다른 것은 몰라도 진운의 전투 센스 하나만큼은 정말 발군이라는 것을 인정할 수밖에 없는 레이나였다.

사실 바벨의 탑에서도 거의 도박에 가까운 훈련을 견디면서 마스터에 오른 진운이다.

물론 운이 따라줬기에 가능한 것도 있지만, 과연 운만 따라줬을까?

천부적인 재능과 함께 지금처럼 전투에 관해서라면 이상하게 빠르게 알아채는 센스 또한 결코 무시할 수 없었다.

언젠가 천재와 일반인을 나누는 기준이 바로 오 퍼센트의 재능이라는 말을 들어본 적이 있다.

물론 사실인지 아닌지는 모르지만 똑같은 노력을 해도 오 퍼센트의 재능 때문에 천재와 일반인이 나눠진다는 것이다.

진운처럼 전투에 관해서는 본질을 파악하는 데 빠른 센스를 지닌 것도 분명 그 5%의 재능에 해당될 것이다.

그런 것은 누가 가르쳐 준다고 해서 알 수 있는 것이 아니었으니 말이다.

─세계수는 모든 나무와 숲의 어머니야. 그 말은 다르게 하면 숲에서는 무적이라는 말도 되거든. 후후훗.

숲의 생명을 창조하고 엘프의 생명을 태어나게 한다고 알려져 있는 세계수는 이름 그대로 세계의 한 기둥이었다.

신만이 가지고 있다는 창조의 권능을 가지고 있는 나무가 바로 세계수인 것이다.

그런데 그런 세계수의 가지로 만든 활이 평범할 리가 없다.

세계수는 숲의 어머니, 그리고 숲을 태어나게 한 부모였다.

이를 토대로 반대로 생각한다면 숲에서 세계수의 가지가 펼칠 수 있는 능력이 어디까지일지는 그 누구도 짐작하지 못했다.

그만큼 강한 위력을 발휘할 수 있다는 의미와도 통한다.

사용하기에 따라 대륙에 피바람을 몰고 올 수도 있는 무기, 그것이 바로 레이나가 가지고 있는 세계수의 가지로 만든 활이었다.

인간들이 잘 모르고 있을 뿐, 진정한 신기가 바로 저 활일 것이다.

다만 지금 레이나가 하려는 것은 엘프들이 주장하는 조화와 상생이라는 이치에 어긋날 수도 있는 행동이다.

만약 대륙에서 지금처럼 레이나가 대규모로 활을 이용해서 공격하려고 했다면 분명히 반발 작용으로 레이나에게 신벌이 떨어졌을 것이다.

하지만 이곳은 지구였다.

그리고 레이나는 이방인이다.

지구에 있던 진운이 대륙으로 가서 뭔 짓을 하든 신의 이치에 적용되지 않았던 것처럼, 레이나도 지구에서 뭔 짓을 해도 신의 이치에 적용되지 않았기에 가능하기도 했다.

사실 레이나가 그동안 마법을 자제한 것은 혹시나 이곳에서 자신의 능력으로 인해 벌어지는 힘의 반발 작용으로 무슨 일이 있을까 봐 조심해서였다.

하지만 조금 전 유적의 벽 위에서 파이어 익스플로전을 사용하고 나서 확실히 알게 되었다.

자신은 이곳에서 이방인이라는 것을 말이다.

그 어떤 운명의 굴레에서도 적용받지 않는 존재, 원래 이곳에 있어서는 안 되는 존재가 바로 레이나였다.

그렇기에 그녀가 무슨 짓을 하든 엘프의 율법이 그녀를

구속할 수가 없었다.

즉 이곳 지구에서는 레이나는 엘프가 아닌 그저 이방인이었던 것이다.

—모두 잘 들으세요.

레이나는 활시위를 몇 번 당겨보고는 만족한 듯한 표정으로 양쪽의 진운과 베이스퍼를 보면서,

—이제 제가 마법진을 활성화시키면 이 숲에 있는 나무의 생명력이 모두 두 사람에게 집중될 거예요.

"응? 나에게?"

진운이 놀라서 물어보자,

—응. 제가 가진 세계수의 가지로 만든 활은 나무의 생명력이 많으면 많을수록 그 파괴력이 강해지는 특성이 있어. 그리고 내가 직접적으로 마법진에서 나무의 생명력을 받을 수도 없거든.

레이나의 말에 진운이 고개를 갸웃거리면서,

"왜?"

"어째서 그런가요, 레이나 양?"

베이스퍼도 지금의 말은 이해가 가지 않는 듯 물었다.

—음, 이걸 어떻게 설명해야 할까. 아, 총이 있구나.

"총?"

"……?"

갑자기 레이나의 입에서 총이라는 말이 나오자 진운과 베이스퍼 둘 다 모두 이번에는 완전히 고개가 옆으로 넘어갈 정도였다.

―간단하게 말하자면 이 마법진이 탄창이에요. 그리고 여러분이 노리쇠구요. 그리고 전 총알이 발사되는 총구의 역할을 하는 거예요.

"아, 그런데 왜 그렇게 복잡하게 단계를 나눠야 하는 거야?"

총에 빗대어 설명하니 사실 이해가 빠르긴 했지만 도대체 왜 이렇게 복잡하게 단계를 나눠야 했는지가 궁금할 수밖에 없었다.

―견딜 수가 없는 힘이니까.

진운의 질문에 간단하게 대답한 레이나는 입가에 미소를 살짝 지으면서.

―나무의 생명력이지만 엄연히 생명력이야. 생명의 힘이 얼마나 강한지 진운을 알고 있어?

"그야……."

레이나의 갑작스런 질문에 진운은 대답하려고 했지만 마치 목에 무언가 걸린 듯 말이 막혀 버렸다.

―생명의 힘은 말이야, 아주 강해. 너무나 강해서 무언가를 바꿀 수도 있을 정도야. 그런데 그런 생명력을 직접적으

로 내가 받아들여서 밖으로 쏘아 보내는 것까지 하기에는 내 몸이 버텨주질 못하거든. 그래서 이렇게 단계를 나누는 거야.

"힘의 분산이라는 것이군."

베이스퍼가 조용히 한마디 하자 레이나는 웃으면서 고개를 끄덕였다.

—맞아요. 마법진에서 우선 일 차로 생명력이 응축돼요. 그리고 그게 두 사람의 몸을 통하면서 응축된 생명력이 마나로 변하는 거죠. 그리고 그렇게 변한 마나가 마지막으로 저에게 넘어와서 제가 바람의 화살로 만들어 쏘는 거예요.

"역시……."

베이스퍼도 이쯤에서는 이해를 했는지 고개를 끄덕였다.

어째서 이렇게 복잡한 과정이 필요한 것인지도 알았고 왜 그래야 하는지도 알았으니 이제 남은 것은 과연 이렇게까지 복잡하게 준비할 만큼 위력이 있는 공격이 가능한가가 남은 과제였다.

—진운, 손을 뻗어서 내 어깨에 올려줘. 베이스퍼 씨도 진운과 같이 해주세요.

레이나의 말에 따라 진운이 손을 뻗어 레이나의 어깨에

손을 올렸다.

띵~

"……?"

아주 짧은 순간이지만 레이나의 어깨에 손이 닿았을 때 무언가 고리가 연결되는 듯한 느낌이 든 것이다.

"이건……?"

베이스퍼도 레이나의 어깨에 손을 올려놓는 순간 진운과 같은 느낌을 받았는지 조금 놀라는 표정이다.

—링크가 성공했을 때만 느껴지는 느낌이니까 걱정하지 않으셔도 돼요.

레이나는 괜히 사소한 것 때문에 두 사람의 생각이 흐트러지면 결국 자신에게도 위험이 오기에 친절하게 모두 설명해 주었다.

지금 이렇게 링크를 한 순간부터는 레이나와 베이스퍼, 그리고 진운은 한몸이나 다름없었다.

만약에 두 사람 중 한 사람이라도 잡생각으로 정신이 흐트러진다면 당연히 양쪽에서 들어오던 힘의 균형이 어긋나게 될 것이다.

그럴 경우 그렇게 어긋난 힘의 균형 부담은 모두 레이나가 감당해야 하기 때문에 두 사람의 정신이 흐트러지는 것만큼은 절대로 막아야 했다.

─제가 다시 한 번 말씀 드릴게요. 꼭 집중하세요. 아시다시피 지금 두 사람의 몸을 통해서 들어오는 힘의 균형이 무엇보다 중요해요. 만약 한 사람이라도 어긋나면 제가 그 부담을 모두 감당해야 해요. 그리고 전 두 사람의 몸을 통해 들어온 힘을 바람의 화살로 변환해서 쏘아내는 역할이기에 몸 안에 들어온 힘을 모두 밖으로 보내지 않는 한 힘에서 벗어날 수가 없기에 최악의 경우…….

말을 하던 레이나가 낮은 눈으로 두 사람을 보면서,

─제가 죽어요.

"……."

"……."

순간 진운과 베이스퍼는 가슴에 커다란 돌덩어리가 내려앉는 느낌이었다.

─하지만 두 사람이 집중만 하면 그럴 일은 없으니까 안심하세요.

"……."

"……."

도대체 병 주고 약 주는 것도 아니고 사람 마음을 들었다 놨다 하는 레이나의 말에 진운과 베이스퍼는 서로 마주 보면서 말없이 고개를 끄덕일 뿐이었다.

무슨 말이 오갔는지는 두 사람만이 알겠지만 굳은 눈동

자를 보면 아마 절대로 집중을 흩어뜨리지 말자는 다짐일
것이다.

―시작합니다.

눈을 반쯤 감은 레이나의 입에서 귀가 윙윙거리며 울릴
만큼 이상한 발음의 말이 나오기 시작했다.

이윽고 땅에 묻어둔 마나석이 반응하는지 푸른색의 선이
선명하게 땅 위에 그려지기 시작했다.

"시작이군. 진운 군, 행운을 비네."

"베이스퍼야말로 행운을 빌어요."

마법진이 활성화되자 마지막으로 대화를 나눈 진운과 베
이스퍼는 눈을 감고 집중하기 시작했다.

―활성화!

레이나의 입에서 마지막 외침과 함께 마법진이 푸른빛으
로 감싸이는 순간,

"컥!"

"크억!!"

진운과 베이스퍼의 입에서 절로 신음 소리가 튀어나왔
다.

'미친……. 이게 생명력이라는 거야? 말도 안 돼. 이런
거대한 힘이 존재하다니…….'

진운은 지금 자신의 몸 안으로 강제로 들어오고 있는 힘

에 금방이라도 정신이 어지러워질 지경이다.

지금까지는 마나의 적응으로 인해 어느 정도 힘에 대해서는 자신있는 진운이었다.

하지만 그런 생각 자체가 얼마나 바보 같은 생각이었는지 확실히 느끼게 해주는 힘이다.

'생명력, 이거 장난 아니구나.'

레이나가 왜 힘의 균형이 어긋나면 자신이 죽을 수도 있다고 했는지 피부로 느껴지는 진운이었다.

한편 베이스퍼도 마찬가지였다.

'엄청나군. 이런 힘이 존재했다니……'

마치 커다란 무언가가 몸을 짓누르는 듯한 느낌과 함께 그 커다란 것이 좁은 자신의 몸을 파고들어 오는 느낌과 고통은 정말 태어나서 처음 느껴보는 것이다.

레이나가 거듭해서 생명의 힘이 얼마나 강력한지 강조했다.

하지만 듣는 것과 직접 몸으로 겪는 것은 하늘과 땅만큼이나 엄청난 차이가 났다.

'집중하자, 집중. 내가 아차 하는 순간 레이나가 죽는다.'

진운은 순간 힘에 밀려 희미해지는 정신을 느끼고는 곧바로 정신의 끈을 움켜잡았다.

자신에게 레이나의 목숨이 걸렸다고 생각하자 자연스럽게 그렇게 된 것이다.

그리고 그것은 베이스퍼도 마찬가지였다.

'내가 아차하면… 레이나 양이… 죽는다, 죽어. 정신 차려라, 베이스퍼. 넌 마이스터다, 마이스터. 겨우 이깟 힘에 진다면 살아온 세월이 부끄럽지 않느냐!'

마치 스스로에게 질타하듯 생각 속에서 악을 쓰면서 버티기 시작했다.

그렇게 두 사람이 버티며 얼마나 지났을까?

두 사람의 손을 통해 정확하게 같은 양의 힘이 레이나의 몸으로 들어오기 시작했다.

끼리릭!!

레이나는 힘이 들어오자마자 지체없이 활시위를 당겼다.

휘리리리릭!!

부러질 듯 끝까지 활시위를 당기자 회오리가 그려지더니 바람의 화살이 만들어지기 시작했다.

하지만 바로 쏘지 않고 계속 시위를 당긴 채 하늘을 향해 기다리는 레이나였다.

―조금만 더, 조금만 더 최대한 힘을 집중시킬 수 있는 한계까지 집중하는 거야.

레이나는 바람의 화살을 이루는 회오리가 점점 굵어지면
서 손에 쥐고 있는 활이 회오리의 영향으로 흔들리고 있었
지만 그래도 끝까지 버텨내었다.

그러다 갑자기,

탁!

슉!!

활시위를 놓아버린 레이나는 다시 시위를 당겼고, 첫 번
째 바람의 화살을 쏠 때와 같이 또다시 힘을 최대한 집중시
킨 후 하늘을 향해 쏘았다.

그런데 시간이 지날수록 힘을 집중시키는 시간이 줄어들
고 있었다.

—크윽!

처음에는 힘이 그럭저럭 견딜 만했기에 최대한 바람의
화살에 힘을 집중시키려고 했다.

하지만 갈수록 힘이 강해지는 통에 어쩔 수 없이 곧바로
전해지는 힘을 모두 바람의 화살에 넣어 쏠 수밖에 없었
다.

슉! 슉!

슉슉슉슉슉!

마치 기계가 활을 쏘는 듯 레이나의 손은 활시위를 힘껏
잡아당기고 바람의 화살이 만들어지자마자 시위를 놓아버

리는 행동이 반복될 수밖에 없었다.

도대체 몇 발을 쏘았는지 레이나 본인도 모를 만큼 정신 없이 활을 쏴댔다.

"쿨럭!!"

"쿨럭!!"

그렇게 정신없이 바람의 화살을 쏘아 올리던 순간 정확하게 동시에 진운과 베이스퍼의 입에서 피가 뿜어져 나왔다.

―한계야!

초인의 반열에 오른 두 사람이 피를 뿜을 정도라면 자신의 예상보다 이곳 밀림의 나무의 생명력이 엄청나게 강하다는 말이다.

그럼 갑자기 자신에게 전해지던 힘이 강해진 이유도 설명이 되었다.

그리고 더 이상 진행하는 것은 두 사람에게 나쁜 영향이 있을 수 있으니 활을 쏘는 것을 멈춘 레이나는 아공간에 활을 넣고 양손에 마나를 집중시키면서,

―캔슬(Cancel)!

마법진 활성화 취소 주문을 외치자,

스팟!!

푸른빛이 한순간 강하게 번쩍이다가 흔적도 없이 사라져

버렸다.

"쿨럭… 쿨럭!"

"쿨럭… 쿨럭!"

마법진이 사라지마자 진운과 베이스퍼는 동시에 검은 피를 한 모금 뱉어내고는 쓰러지듯 주저앉아 버렸는데,

"이야! 생명력의 힘, 엄청나더라."

입가에 미소를 지으면서 한마디 하는 진운이다.

베이스퍼도 말없이 엄지손가락을 치켜들었다.

—미안해요. 설마 이렇게 강한 힘이 될 거라고는 생각지도 못했어요.

사실 나무의 생명력을 조금씩 빌려서 사용하기에 설마 이 정도의 위험이 닥치리라고는 생각지도 못한 레이나였다.

그런데 레이나도 생각지 못한 것이 있었으니 이곳이 정글이라는 것이다.

레이나가 살던 대륙에는 정글이 없었다.

그저 숲만 있을 뿐이다.

숲에 비해 환경이 열악한 것은 말할 것도 없지만 온갖 독충과 서로 죽고 죽이는 생명의 먹이사슬이 복잡하게 돌아가는 곳이 바로 밀림이다.

그런 밀림에서 나무라고 과연 평범하게 자라겠는가.

　나무조차도 스스로를 보호하기 위해 가시로 무장하는 것은 기본이고 독으로 자신을 보호하는 나무도 흔한 곳이 바로 정글이다.

　당연히 그만큼 정글의 나무의 생명력은 강할 수밖에 없다.

　레이나는 그저 나무라는 생각만 했지 정글에서 나무가 살아오면서 살아남기 위해 강해졌다는 것은 생각지 못한 것이다.

　그런데 이번 공격은 진운과 베이스퍼에게도 딱히 나쁜 일만은 아니었다.

　화아아악!!

　"어라?"

　진운은 입에 문 검은 피를 닦아내면서 일어서는데 갑자기 몸 안에서 뜨거운 것이 치솟는 것을 느끼고 당황했다.

　"이건!"

　베이스퍼도 마찬가지였다.

　진운과 마찬가지로 갑자기 영문 모를 뜨거운 것이 자신의 뱃속에서 치솟자 당황하는 듯하더니 금방 안정을 찾으면서,

　"진운 군!! 운기조식을 하게!!"

　"네? 운기… 뭐요?"

"운기조식!! 지금 몸 안에서 치솟는 것은 영문은 모르겠지만 몸 안에 들어온 힘이 밖으로 빠져나가기 위해서 발버둥치는 것이네! 이대로 두면 몸에 혈도가 꼬이거나 터질 수도 있으니 운기조식을 통해 기를 순환시켜 진정시켜야 하네! 어서!!"

그렇게 말한 베이스퍼는 곧바로 가부좌를 틀고 앉더니 눈을 감고 자신만의 정신세계로 빠져들어 갔다.

그런데 그런 모습을 가만히 지켜보던 진운은 레이나를 보면서 물었다.

"운기조식… 그게 뭐야?"

―나도 몰라.

안타깝게도 레이나도 운기조식이 무엇인지 모르고 있었다.

하지만 진운이라고 완전히 베이스퍼와 동떨어진 상태에 놓인 건 아니었다.

―진운, 우선 집중해서 마나를 진정시키는 게 좋겠어. 베이스퍼 씨도 기를 가라앉히라고 했잖아. 아마 방금 마법진을 통해 흡수한 생명력이 마나로 바뀌면서 몸에 남아 있다가 뒤늦게 빠져나가려고 하는 것 같아.

"알았어!"

진운은 황급히 자리에 앉더니 베이스퍼와 같이 눈을 감

왔다.

　하지만 일주천이나 기의 순환과는 전혀 상관없는, 오로지 지금 끓어오르는 용암처럼 치솟는 힘을 내리누르려다가 도저히 힘으로 되지 않자 자신의 마나로 감싸기 시작한 진운이다.

　처음에는 반항하듯 마나로 감쌀 때마다 벗어나던 힘은, 끈질기게 진운이 계속 감싸자 결국 힘이 떨어졌는지 아니면 그동안 마나로 감싸는 바람에 서로 동화가 된 것인지는 모르지만 천천히 진운의 마나에 녹아들기 시작했다.

　"후우……."

　한 몇 분 정도 흘렀을까?

　베이스퍼가 먼저 눈을 뜨면서 일어섰다.

　그리고 곧이어 진운도 눈을 뜨고 일어섰는데 두 사람이 서로를 마주 보며 씨익 웃었다.

　─왜 웃어요?

　레이나가 지금 진운과 베이스퍼가 웃는 이유를 몰라 물어보자 베이스퍼는,

　"이거 기연이겠지, 자네가 생각해도?"

　"음, 기적이나 다름없죠. 그 정도 힘이라면요."

　"크크크큭, 설마 이런 식으로 기연을 얻을 줄이야. 정말 세상 오래 살고 볼 일이네."

베이스퍼는 뭐가 그리 좋은지 큰 소리로 웃기 시작했고, 진운도 입가에 미소가 가득했다.

다만 레이나만이 왜 저리 좋아하는지 이유를 알 수 없었다.

마법사이기에 그녀는 지금 베이스퍼와 진운이 말하는 기연이란 게 도대체 뭘 말하는 건지 모를 수밖에 없다.

자신의 마나를 스위치로 마법을 사용하는 마법사는 마나가 늘어봐야 결국 스위치 개수가 늘어나는 것에 불과했으니 말이다.

반면 진운과 베이스퍼는 지금 몸 안에 힘이 가득하다 못해 넘치기 직전이었다.

베이스퍼는 기의 순환을 통해 들어온 힘을 계속 몸 안에서 회전시켜서 지치게 만들어 자신의 것으로 만들었다.

하지만 진운은 그런 일주천을 모르기에 자신의 마나로 끝없이 감싸기를 반복하면서 결국 자신의 것으로 만들었다.

결국 과정은 서로 다를지 몰라도 흡수하는 것에는 성공한 셈이다.

—몸에 이상은 없죠?

아까 피를 뽑은 것도 있기에 레이나가 조심스럽게 물었다.

"걱정 마. 오히려 쌩쌩해졌으니까 말이야."

"그렇다네. 오히려 난 레이나 양에게 감사하고 싶은 마음뿐이네."

─아니에요. 사실 살짝 위험했거든요. 설마 이곳 나무의 생명력이 이렇게 강하리라고는 전혀 예상하지 못했기에 저도 당황했어요. 아무튼 멀쩡하니 다행이네요. 그럼 이제 슬슬 시작할까요?

레이나가 몸을 돌려 지금까지 자신들의 머리를 아프게 했던 게릴라의 아지트를 바라보자,

"그렇지. 저 녀석들이 어떻게 되는지 꼭 봐야겠지."

"고생한 대가는 받아야 하니까 말이야."

베이스퍼와 진운도 레이나와 같이 게릴라의 아지트를 바라보았다.

─그럼 시작해 볼까?

양손을 앞으로 뻗은 레이나의 손끝에 마나가 집중되더니 곧 작은 마법진이 떠올랐다.

─타깃팅(Targeting)!

그녀의 입에서 주문이 튀어나오자,

스팟!!

마나를 다루는 자들의 눈에만 보이는 붉은 빛이 선명하게 게릴라 녀석들의 아지트 위에서 빛을 발하기 시작

했다.

그런데 그게 끝이었다.

"안 떨어져?"

움직임이 없는 빛을 보며 진운이 의아해하며 입을 열었다.

좀비들을 처리할 때는 금방 하늘에서 떨어졌던 것이 지금은 한참이 지나도 소식이 없는 것에 혹시나 실패한 것은 아닐까 하고 걱정되어 레이나를 쳐다보자,

─걱정 마. 지금 커지는 중이니까.

"응? 커지다니?"

레이나의 커진다는 말에 잠시 기억을 뒤지던 진운은,

"설마 더 커지는 거야? 그때보다?"

사실 유적에서 좀비를 처리할 때도 거의 미사일 크기 정도로 커졌던 바람의 화살은, 바람의 미사일이라고 불러도 손색이 없을 정도였다.

그런데 그때는 불과 몇 초 동안 시야에서 사라졌다가 나타났을 뿐인데 그 정도 커졌던 것이다.

하지만 지금은 벌써 몇 분이 흐른 상태이다.

사실 뭐든지 적당히 커지는 것이 좋은 법이다.

너무 커져서 파괴력이 자신들이 생각했던 것보다 강해져 버리면 넘치는 것은 모자란 것만 못하다는 말대로 되어버

리기에 살짝 걱정스러워하는 진운이다.

그런데 그런 진운을 본 레이나는 웃으면서,

―그렇게 걱정할 일은 생기지 않을 테니까 너무 신경 쓰지 마.

진운을 안심시키려고 말하는 와중에 베이스퍼가 하늘을 보면서,

"나타났군."

구름을 뚫고 떨어지는 커다란 바람의 화살이 선명하게 눈에 보인 것이다.

그런데 그 숫자가 하나둘씩 늘어나는데 조금 지나니 이건 마치 하늘에서 화살을 쏟아붓는 것이나 다름없는 모습이다.

이에 베이스퍼의 표정이 질리기 시작했지만 반대로 레이나는 입가에 미소가 가득했다.

―제가 말했잖아요, 쓸어버린다고.

"……"

지금 하늘에서 쏟아지는 화살, 아니, 미사일 크기의 바람의 화살은 숫자를 헤아리는 것 자체가 바보같이 느껴질 만큼 엄청났다.

커다란 회오리로 만들어진 기둥들이 끝없이 쏟아진다고 표현하면 딱 맞을 상황이다.

콰쾅!!

그리고 가장 처음 구름을 뚫고 내려온 바람의 화살이 게릴라의 아지트에 적중하자 얼마나 강한지 지축이 흔들렸다.

그런데 이건 시작에 불과했으니 한편으로는 게릴라들이 조금은 불쌍하기까지 했다.

쾅쾅쾅쾅쾅쾅!!

마치 거대한 소나기가 게릴라의 아지트로만 쏟아지기 시작했다.

너무 강한 위력에 땅이 흔들리다 못해 게릴라의 아지트를 중심으로 땅이 갈라지기 시작했다.

─조금 과했나?

레이나도 조금 심했나 하는 생각에 걱정이 살짝 되었다.

하지만 어쩌겠는가.

이미 날려 버린 화살이요, 떨어지기 시작한 것을 말이다.

쾅쾅쾅쾅쾅쾅!!

콰콰쾅!!

쩌어어억!! 쩌거걱!!

하나씩 떨어질 때마다 땅에 균열이 심해지고 균열의 숫자가 늘어갔다.

끝나지 않을 것만 같은 땅의 울림이 멈췄을 때, 더 이상
하늘에서 떨어지는 바람의 화살은 없었다.
　그리고 게릴라의 아지트도 없었다.

Chapter 07
부활

“완전 땅속으로 사라져 버렸군.”

마치 하늘에서 거대한 망치로 내려찍어서 땅속에 박아 넣어버린 것처럼 게릴라의 아지트는 흔적도 없이 사라져 버렸다.

그와 동시에 아지트 주변에 묻혀 있던 지뢰도 충격으로 지면이 갈라지면서 모두 땅속으로 사라져 버렸기에 더 이상 지뢰를 걱정할 일도 없었다.

─조금 적게 쏠 걸 그랬나.

설마 이렇게까지 엄청난 화력일 거라고는 레이나도 생각

지 못했는지 손가락으로 이마를 누르면서 뭔가 반성하는 듯한 표정이다.

"설마 죽어버린 건 아니겠죠?"

진운이 땅속으로 사라져 버린 게릴라 아지트가 있던 곳에 도착해서 베이스퍼에게 물어보자 베이스퍼도 고개를 저으면서,

"나도 확답을 못하겠구만. 이런 공격이면 아무리 테칸과 로이칸이라도 과연 견딜 수 있었을지……."

"하긴……."

진운도 사실 첫 발의 바람의 화살이 떨어졌을 때는 통쾌했다.

하지만 그게 두 발, 세 발, 네 발로 숫자가 급속히 늘어나면서 나중에는 다섯 발이 한꺼번에 떨어지기도 하고 열 발이 동시에 쏟아지기도 하는 장면을 보면서 드는 생각은 단 하나였다.

과연 테칸과 로이칸이 살아남을 수 있을까 하는 것이다.

사실 레이나가 쓸어버린다고 말했을 때는 그냥 하는 말인 줄 알았다.

하지만 정말 실제로 쓸어버릴 것이라고는 이곳에 있는 베이스퍼도, 진운도, 실행한 레이나도 생각지 못했다.

정작 바람의 활을 쏜 당사자도 몰랐던 결과였으니 누구에게 책임을 묻기에도 좀 애매한 상황이 되어버린 것이다.

다만 테칸과 로이칸이 살아남기만을 바랄 뿐이다.

그들에게서 들어야 할 일루미나티에 대한 정보가 꼭 필요한 상황이다 보니 웃기게도 적이 살아 있기를 은근히 바라고 있는 것이다.

―진운.

"응?"

―게티아에 반응은 어때?

레이나의 물음에 잠시 손에 끼고 있던 게티아를 한번 쳐다본 진운은 고개를 흔들면서,

"반응이 없어."

―그래.

조용히 입을 다무는 레이나였다.

그녀도 뜻하지 않게 너무 강한 위력에 놀라고 있는 중이었으니 그녀를 탓할 수도 없는 노릇이다.

―미안해.

레이나가 조용히 사과했지만 진운은 그냥 웃으면서,

"괜찮아. 일루미나티는 다시 추적하면 되니까 말이야."

―그래도… 나 때문에……

“괜찮아. 걱정하지 마. 어차피 짧게 끝날 싸움이 아닌 건 너도 나도 서로 알고 있었잖아.”

미안해하는 레이나 때문에 진운은 애써 아쉬운 마음을 접고 위로하기 시작했다.

베이스퍼도 아쉽기는 마찬가지였지만 여자를 상대로 성질을 부릴 수도 없으니 조용히 속으로 끓일 수밖에 없었다.

더군다나 앞으로 일루미나티와의 싸움에서 절대적으로 필요한 사람이 레이나라고 이미 마음속으로 정해놓은 베이스퍼였으니 이 정도는 가볍게 넘어갈 수 있었다.

찌이이잉!!

“……!”

레이나를 위로하면서 달래고 있는 순간 갑자기 진운의 게티아가 붉은 빛을 밝게 뿜어내더니 지금까지와는 비교도 되지 않을 만큼 강한 신호를 보내기 시작했다.

—진운, 왜 그래?

갑자기 진운의 표정이 굳어지는 것에 묻다가 진운의 게티아가 뿜어내는 붉은 빛을 본 레이나는,

—설마!!

“살아 있어! 녀석들!”

게티아가 이렇게 반응한다는 것은 마력이 강해졌다는 말

과 같았기에 즉각 레이나의 허리를 감싸 안은 진운이 소리
쳤다

"베이스퍼, 녀석들이 살아 있어요! 어서 뒤로 물러나
요!!"

"응? 그게 무슨… 헉!!"

베이스퍼는 지금 이 지경에 살아남는다는 게 무슨 말도
안 되는 소리냐고 말하려다가 갑자기 온몸을 찌르는 듯한
불쾌한 느낌이 들어 땅을 바라보았다.

그리고 그의 눈앞에서 싱싱한 풀이 갑자기 빠르게 노랗
게 말라죽어가고 있었다.

"서둘러요!! 마기가 밖으로 새어 나오는 거예요!!"

타핫!!

진운은 지체없이 레이나를 안고서 뒤로 날 듯이 피해 버
렸고, 베이스퍼도 진운을 따라 곧바로 뒤로 피했다.

그렇게 둘이 피했지만 마기는 점점 더 강해질 뿐이다.

그와 동시에 땅에 풀이 노랗게 죽어가는 현상이 넓어지
고 있었다.

─마기가 폭주하고 있어!!

"젠장! 최악의 시나리오가 되어가는 것 같은데!"

레이나는 엘프들이 가진 진실의 눈으로 회오리치면서 땅
속에서 뿜어져 나오는 마기를 눈으로 확인하곤 지금 폭주

하고 있는 것으로 판단한 것이다.

그리고 거의 그게 맞아들어 가는 중이다.

"제발… 72마신이 아니길 바란다."

진운은 최악의 시나리오가 아니기를 간절히 바랐다.

마기 폭주는 곧 마기를 지닌 존재의 힘이 가장 강하게 드러난다는 것이나 다름없다.

그리고 그냥 마족이라면 사실 어느 정도 감당이 되겠지만 진운이 봉인해야 되는 72마신 중의 하나라면 상황이 정말 최악으로 향해 움직이고 있다고밖에 할 수 없었다.

자칫 재수없으면 이 섬 자체가 지도상에서 사라질 수도 있으니 말이다.

파삭!

땅의 풀이 노랗게 말라 죽다 못해 스스로 부서지기까지 하는 상황을 보고 있으면 도대체 지금 땅속에서 어떤 상황이 벌어지고 있는지 짐작조차 되지 않았다.

더욱이 이상한 것은 초반에 마기가 폭주하는 듯 사방에 마기가 가득했는데 시간이 조금 지나니 마기가 조금씩 수그러들고 있는 것도 예상 밖의 움직임이었다.

—어떻게 된 거지?

레이나가 가진 엘프의 눈으로도 처음에 미친 듯이 날뛰던 마기가 조금씩 가라앉는 것이 보일 정도이니 상황이 뭐가 이상하게 돌아가는 것은 확실했다.

그리고 죽어가면서 푸른색이 노란색으로 변해가던 것도
멈춰 버린 상태였다.

"폭주가 멈춘 건가?"

사실 마기가 한번 폭주하면 멈춘다는 것은 쉽게 이해가
가지 않는 것이긴 했다.

하지만 지금 눈앞의 마기가 수그러드는 모습을 직접 보
고 있으니 폭주가 멈췄다고 생각할 수밖에 없었다.

찌이잉!!

"……!!"

그리고 잠잠해졌다고 느낄 때쯤 갑자기 게티아가 강하게
반응했다.

동시에 진운은 본능적으로 느낄 수가 있었다.

"온다!"

"응? 오다니 뭐가 말인가?"

베이스퍼가 갑작스런 진운의 말에 고개를 돌려 물어보려
는 순간,

쾅!!

느닷없이 땅이 폭발하면서 하늘로 치솟더니 그 속에서
익숙한 얼굴이 나타났다.

"테칸!"

옷은 땅속에 있었다는 것을 증명하듯 진흙이 여기저기
흔적이 있지만 테칸 본인은 너무나 쌩쌩해 보였다.

"오, 그때 그 녀석이군."

테칸도 진운을 알아봤는지 반가운 듯 웃고 있지만 그 미
소에 살기가 진하게 느껴지는 것은 혼자만이 아니라 레이
나를 비롯해 모두 다 느꼈다.

"응? 이런 미인이 있었나?"

진운을 향해 반가운 듯 미소를 짓던 테칸이 갑자기 레이
나를 보더니 관심을 보이기 시작했다.

반면 레이나는 테칸을 보면서 뭔가 이상한 느낌을 받았
다.

―당신이 테칸인가요?

"이런, 내가 제법 유명한 모양이지? 이런 미인이 나를 알
아보고 말이야. 후후후훗."

테칸은 레이나의 질문에 능청스럽게 대답했다.

그런데 이상하게 레이나가 보는 테칸의 모습이 조금 이
상했다.

무언가 자꾸 겹쳐 보이고 있는 것이다.

검은색으로 만든 똑같은 모양의 판을 억지로 붙여놨을
때 느껴지는 그런 어색함과 함께 어중간한 느낌 말이다.

―당신 누구죠?!

레이나는 다른 것을 물을 것도 없이 테칸을 향해 날카롭게 소리쳤다.

그런데 그런 레이나의 말에 테칸은 싱긋 웃음 짓더니,

"이런, 이런. 설마 엘프였을 줄이야."

"……!!"

진운은 테칸의 말에 크게 놀랐다.

"……?"

하지만 베이스퍼는 지금 테칸이 말하는 엘프가 뭔지 모르는 눈치였다.

그리고 한순간에 자신의 정체가 드러난 레이나는 오히려 편안한 눈빛으로 테칸을 쳐다보면서,

—완전한 각성을 했군요.

레이나의 말에 진운은 순간 숨이 턱 막히는 느낌이다.

반면 테칸은 별것 아니라는 듯 웃으면서,

"설마 이곳에서 하이엘프를 보게 될 줄은 몰랐는걸. 하지만 믿지 않았던 예언이 맞아들어 가다니 역시 세상은 오래 살고 볼 일이군그래. 안 그런가, 하이엘프?"

—…….

레이나는 엘프 특유의 진실의 눈을 통해서 알 수 있는 것은 여기까지였다.

하지만 상대가 너무 강하다는 게 문제라면 문제였다.

완전한 각성, 그건 마신이 계약을 맺고 있던 인간의 몸을 완전히 차지했다는 말을 다르게 표현한 것이다.

하지만 굳이 각성이라고 표현한 것은 정작 다른 이유 때문이다.

계약의 완료, 그리고 그렇게 됨으로써 차지하게 된 인간의 육체를 통해서 마신이 가진 힘을 모두 사용할 수 있다는 뜻에서 각성이라고 표현했다.

대륙에서는 아주 가끔이지만 마족이나 마신이 인간의 부름에 응해 지상에 모습을 드러낼 때가 있었다.

그리고 그렇게 그들이 모습을 드러내면 여지없이 대륙에는 피바람이 몰아쳤다.

인간, 몬스터, 유사종족 등 가리지 않고 지상에 살아 있는 생명체라면 모두 죽어가는 그런 피바람이 불었던 것이다.

그리고 그런 피바람에서 유독 민감하게 반응하는 종족이 바로 엘프였다.

조화를 지키는 엘프에게 마족은 존재 자체가 조화를 깨뜨리는 것이니 엘프의 눈은 속일 수가 없었다.

그리고 지구라고 별다를 게 없었다.

그냥 마족의 힘을 빌리는 정도라면 레이나의 눈을 얼마든지 속일 수가 있을 것이다.

하지만 완전히 각성이 이루어진 뒤라면 레이나의 눈을 속이는 것은 애초에 불가능했다.

그런데 레이나는 아까부터 이상하게 테칸의 몸에서 뭔가 부자연스러운 것을 계속 느끼는 중이었다.

—이상해. 저건 뭐지?

엘프들에게 전해지는 고서에서도 본 적이 없는 모습이다.

분명히 완전한 각성을 해서 테칸의 몸을 차지한 것은 맞았다.

그런데 뒤쪽에 어설프게 튀어나와 있는 색이 다른 마기는 뭐란 말인가?

지금 레이나의 시선을 붙잡고 있는 것은 바로 그 뒤쪽에 어설프게 튀어나온 색이 다른 마기였다.

"엘프… 네놈, 봤구나."

갑자기 테칸이 레이나를 똑바로 보면서 한마디 하자,

멈칫!

레이나의 몸이 순간 얼어붙는 듯 정지해 버렸다.

"아무튼 엘프들은 귀찮단 말이야. 저놈의 눈깔을 다 뽑아버리든지 해야지 원. 크크크크큭, 아니지. 지금 뽑아버리면 되잖아. 맞아."

혼자 중얼거리던 테칸의 몸이 갑자기 사라져 버렸다.

“헛!”

진운은 테칸의 몸이 사라지는 것을 본 순간,

두근!

심장이 심하게 요동치는 것을 느꼈고, 동시에 게티아가 심하게 반응하기 시작했다.

“온다.”

거의 본능이었다.

녀석이 온다는 것은 말이다.

그리고 자연스럽게 칼라드볼그를 휘두르던 진운이 돌연 몸을 돌려 레이나를 향해 힘차게 내려치는 것이 아닌가?

“하압!!”

쾅!!!

정말 아슬아슬하게 레이나의 코끝을 스치듯 지나간 칼라드볼그의 칼날이 흙먼지를 일으키면서 레이나의 발끝 바로 앞에 떨어졌다.

“자네 왜 그러나?!”

베이스퍼는 갑자기 테칸이 사라진 것도 놀랐지만 진운이 자신의 동료인 레이나를 향해서 대검을 망설임없이 힘껏 내려치는 모습에 더 기겁했다.

그런데 어째서인지 레이나가 웃으면서,

─고마워.

진운에게 고맙다고 인사를 하더니 진운의 곁으로 자리를 옮기는 것이다.

그리고 방금 사라졌던 테칸이 다시 그 자리에 모습을 드러냈는데 표정이 조금 전과 많이 달라져 있었다.

거기다 테칸의 목소리마저 허스키하게 변하면서 완전 다른 목소리가 되어버렸다.

[네놈, 정체가 뭐냐?!]

사실 지금 테칸은 한순간 손이 잘릴 뻔했기에 결국 쓰고 있던 가면이 벗겨져 버렸다.

거기다 칼라드볼그를 그가 모를 리가 없었다.

"나? 게티아의 주인."

[뭣이라?! 게티아의 주인?]

그저 그런 녀석이라고 생각했다.

테칸에게 힘을 빌려주는 계약을 했을 때도 사실 힘만 빌려줬을 뿐 녀석은 다른 곳에 몸을 숨기고 있었다.

그렇다 보니 진운이 칼라드볼그를 사용한다는 것은 모르고 있었다.

칼라드볼그는 마족의 힘이 강할수록, 존재감이 강할수록 강해지는 특이한 검이다.

그래서 진운이 처음 테칸을 상대했을 때 칼라드볼그를

들었지만 그건 오히려 맨손으로 싸우는 것보다 못한 결과를 자초한 것이다.

겨우 계약으로 빌린 힘을 사용하는 테칸에게 칼라드볼그가 마족을 죽이는 검이라는 명성을 제대로 발휘할 리가 없으니 말이다.

하지만 이것도 진운의 탓만도 아니었다.

제대로 칼라드볼그에 대한 설명도 없거니와 그저 마족을 죽이는 검이라는 짤막한 한 줄이 전부였으니 말이다.

마족이 강하면 강할수록 무섭게 변하는 검이 바로 칼라드볼그였기에 옛날 신을 죽이는 검이라는 별명이 그냥 붙은 게 아닌 것이다.

그리고 마신도 신이었으니 완전한 각성을 한 마신이라면 칼라드볼그가 그 무엇보다 두려운 존재일 수밖에 없었다.

[재수없군. 겨우 이 녀석이 죽어서 몸을 가질 수 있었는데… 나오자마자 게티아의 주인이라니…….]

척!!

진운이 칼라드볼그를 곧게 움켜쥐고 자세를 잡자,

우우우웅우웅!!

갑자기 칼라드볼그가 울기 시작했다.

신검이나 명검 중에 가끔 주인의 마음을 통해서 공명이

라는 현상을 일으키는 경우가 존재한다.

하지만 지금 칼라드볼그가 울고 있는 것은 공명이라는 말로 설명하기엔 그 울림이 너무나 컸다.

그저 당장에라도 나를 휘둘러 달라는 듯 보채는 느낌이 강한 울림을 토해내고 있는 것이다.

[결국 깨어나 버린 건가. 쳇, 단단히 꼬여 버렸군.]

테칸은 거의 가면을 벗어 던졌지만 아직 그가 어떤 마신인지는 진운도 모르고 있었다.

[이대로 피할까?]

진운이 칼라드볼그가 울면서 깨어나는 순간 아무리 각성을 이룬 마신이라도 칼라드볼그에 맞으면 존재가 흩어지기에 위험하기 짝이 없다.

그래서 몇 천 년 만에 깨어난 지금의 자유를 고작 찰나의 유희로 끝내긴 싫은 마음에 자존심이 상하긴 하지만 도망갈까 하는 생각을 잠깐 했던 것이다.

하지만 이상하게 발이 떨어지지 않았다.

그리고 그가 보기에 진운이 들고 있는 칼라드볼그가 너무나 지나치게 대검의 모습을 하고 있는 것도 이상했다.

분명히 자신의 기억 속에 칼라드볼그는 훨씬 가늘면서도 긴 장검으로 기억하고 있으니 말이다.

[오호, 그런 거군.]

칼라드볼그를 가만히 지켜보던 테칸은 입가에 미소를 짓더니 한 걸음 앞으로 내디디면서 돌연 자세를 잡았다.

그리고 입가에 미소를 가득 머금으면서,

[아직 칼라드볼그의 봉인을 다 풀지 못했구면. 크크크큭, 지금이 기회야. 저 녀석을 죽여 버리고 저 저주받은 검을 내가 차지한다면, 크크크큭, 다른 마신들도 내 발아래 둘 수 있는 기회야.]

테칸은 정확하게 지금 진운이 칼라드볼그의 봉인을 풀지 않았다는 것을 꿰뚫어 보고는 도망가기보다 모험을 하기로 결심한 것이다.

진운을 죽이고 아직 봉인이 다 풀리지 않은 칼라드볼그의 봉인을 풀어서 사용하기로 마음먹자 방금 전까지 도망갈 생각을 했던 자신이 바보같이 느껴지기까지 했다.

만약에 칼라드볼그의 등장만 생각하고 도망갔다면 천재일우(千載一遇)의 기회를 그냥 허공에 날려 버렸을 테니 말이다.

그러면서도,

[역시 난 똑똑해. 크크크큭, 예전 칼라드볼그의 모습을 기억하고 있으니 말이야.]

한편 테칸이 돌연 자세를 잡자 진운도 난감했다.

방금 레이나를 막은 것은 정말 본능적으로 몸이 움직였

을 뿐, 녀석이 레이나를 노렸을 거라고는 생각조차 하지 못
했으니 말이다.

"젠장, 최악의 시나리오구만."

그냥 테칸이라도 사실 골치 아픈 상황인데 테칸의 몸을
가지고 있지만 상대는 완전한 마신이었다.

그리고 방금 사라졌던 것은 공간이동으로 사라졌다가 레
이나 눈앞에서 모습을 드러내려고 했다.

그걸 진운이 칼라드볼그를 정확하게 튀어나오는 타이밍
에 맞춰서 휘둘렀기에 레이나가 안전할 수 있었다.

그런데 방금 그 타이밍이 오로지 운이라는 것이 문제라
면 문제였다.

[네놈 이름이 뭐냐?]

갑자기 진운을 향해 이름을 묻는 테칸이다.

"정진운!"

[정진운이라…….]

"그럼 네놈의 본래 이름은 뭐냐?"

진운도 게티아의 반응과 방금 공간이동을 썼다는 것 하
나만으로도 이미 테칸은 죽었고 지금 테칸의 모습을 하고
있지만 안에 알맹이는 72마신 중의 하나라는 것을 알아챘
기에 대담하게 물었다.

[크크크큭, 아몬(Amon).]

“아몬… 아몬… 젠장!”

아몬이라는 이름을 듣게 되자 진운은 이상하게 익숙하다는 생각에 기억 속을 뒤졌는데 곧 찾을 수가 있었다.

레메게톤에 쓰인 72마신의 설명 중에서도 앞 페이지에 기록되어 있는 아몬이라는 이름을 말이다.

그리고 진운이 지금 이렇게 인상을 찡그리는 이유는 바로 아몬에 대한 설명이 앞 페이지에 쓰여 있었다는 것이다.

레메게톤에 기록된 72마신의 기록은 특이하게도 가장 앞줄에 기록된 마신일수록 강한 편에 속했다.

그리고 지금 자신의 눈앞에 있는 아몬이라는 이름은 첫 페이지 바로 뒷장에 기록된 이름이기도 했다.

[크크크큭, 내가 누군지 알고 있는 모양이군그래.]

똥 씹은 듯한 진운의 표정에 왠지 기분이 좋아진 아몬이 싱글거렸다.

“베이스퍼.”

진운이 나직이 옆에 있는 베이스퍼를 부르자,

“왜 그러나, 진운 군?”

“레이나를 부탁드립니다.”

눈앞의 아몬에게서 시선도 떼지 않고, 아니, 시선을 떼지 못하는 것이 더 정확할 것이다.

　공간이동을 마음대로 하는 아몬에게서 시선을 뗀다는 것
은 어디서 공격할지 모르는 위험에 빠지게 되는 것과 마찬
가지였으니 말이다.

　저벅저벅.

　베이스퍼가 레이나의 곁으로 다가와 자세를 잡자 진운이
먼저 걸음을 옮겨 앞으로 나가기 시작했다.

　[응? 무슨 짓이지?]

　아몬은 자신의 이름에도 인상을 찌푸릴 정도라면 정말
별것 아닐지도 모른다는 생각에 이미 칼라드볼그를 자신의
것이 된 양 한껏 기분이 들떠 있었다.

　그런데 돌연 진운이 천천히 느리긴 하지만 한 걸음 한 걸
음 걸어서 앞으로 나오자 당황하기 시작했다.

　당연히 자신이 공격했던 엘프를 지키기 위해서 먼저 앞
으로 나설 리가 없다고 판단했는데 그 반대로 진운이 행동
하고 있었으니 당황할 수밖에 없었다.

　하지만 잔뜩 긴장한 진운의 눈동자를 보고는,

　[훗, 풋내기의 서투른 행동일지도…….]

　칼라드볼그의 봉인도 제대로 풀지 못했다고 생각되는 진
운이 긴장한 눈빛으로 천천히 앞으로 걸어나오는 모습은
아몬이 보기에 차라리 빨리 자신을 처리하고 안전하게 되
겠다는 풋내기의 서투른 판단으로 보였다.

[상대가 와준다면 나도 응해주는 게 인지상정이겠지?]

이미 아몬은 진운이 초짜, 게티아의 주인이 되었다곤 하지만 아직 어설픈 존재로 여겼다.

자신이 알고 있고, 또 두려워하는 솔로몬 왕의 모습과는 정말 완전 달랐기에 깔보는 마음이 드는 것은 별수없었다.

솔로몬 왕의 손에 들려 있던 칼라드볼그는 정말 세상을 베어버릴 것 같은 두려움의 상징이었다.

그뿐인가.

그의 손에 끼워진 게티아는 모든 마신의 두려움의 대상이었다.

거기다 지혜롭기까지 한 솔로몬 왕의 작전에 72마신은 속수무책으로 게티아에 봉인되어 버렸다.

그리고 그가 죽기 전까지 끝없이 부려먹는 하인으로 전락했다.

자존심이 상하고 당장에라도 사지를 찢어버리고 싶었지만 그가 든 칼라드볼그는 너무나 두려웠다.

거기다 게티아는 한번 봉인되면 그 어떤 마신도 벗어날 수가 없는 감옥이었기에 도망가기에 바빴다.

그런데 그가 죽고 세월이 흘러 후임자라고 나타난 녀석은 자신이 기억하는 솔로몬 왕과는 너무나 다른 모습이었다.

　[해볼 만하겠는데.]

　마신 중에 최초로 신을 죽이는 검이라는 칼라드볼그를
가질 수 있다는 생각에 빠진 것이다.

Chapter
아몬
08

쾅!!!

진운과 마신 아몬의 격돌은 상상을 초월하는 충격파를 주변에 뿌리고 있었다.

[이놈! 힘을 숨기고 있었구나!!]

아몬은 고함을 치면서 자신의 주먹에 푸른색 불꽃을 강하게 피워 올려 진운의 머리를 향해 힘껏 내질렀다.

하지만 진운이 커다란 칼라드볼그의 검면을 살짝 비켜 올려서 너무나 간단하게 막아버리자 약이 오를 대로 올랐다.

씨익~

진운은 그렇게 약이 오른 아몬의 모습에 조용히 미소를 지으면서 몸 안에 마나를 최대한 활성화시켰다.

아무리 작전대로 되어가고 있다지만 상대는 각성한 마신 아몬이다.

방심은 있을 수 없었다.

그리고 절대로 방심할 수 없는 이유 중의 하나가 바로,

부웅!!

진운의 칼라드볼그가 크게 아몬의 목을 향해 휘둘렀지만,

쾅!!

아몬은 그냥 팔을 들어 칼라드볼그를 막아버렸다.

"젠장, 왜 통하지 않는 거지?"

유일하게 지금 진운이 세운 작전에서 빗나간 것이 바로 칼라드볼그가 아몬에게 전혀 먹히지 않고 있다는 것이다.

아니, 아몬의 공격을 막는 데는 확실히 효과적이었다.

하지만 지금처럼 아몬을 공격할 때는 마치 날이 전혀 없는 몽둥이로 후려치는 것 같은 느낌마저 드는 것이 지금 진운을 조바심 나게 하는 이유이다.

'어째서, 어째서 칼라드볼그가 통하지 않는 거지? 어째서?!'

마신을 상대로 장기전은 한마디로 바보 같은 짓이다.

그래서 진운은 차라리 레이나를 베이스퍼에게 맡기고 아몬의 시선을 붙잡아두기 위해 먼저 앞으로 나섰던 것이다.

물론 그런 작전은 정확하게 적중해서 지금 레이나는 아예 그의 머릿속에 있지도 않는 것은 확실했다.

다만 문제라면 그동안 철석같이 믿고 있던 칼라드볼그가 전혀 제구실을 못하고 있다는 것이 진운을 당황하게 했다.

쾅!!

또다시 아몬의 불꽃이 담긴 주먹을 막았다.

물론 주변에 충격파가 퍼져서 나무가 흔들릴 만큼 강한 공격이지만 어찌 된 일인지 칼라드볼그로 막은 진운에게는 그럭저럭 참을 만했다.

[네놈, 요상한 기술을 쓰는구나.]

아몬도 벌써 여러 번 자신의 공격을 칼라드볼그의 검면으로 막는 진운의 모습에 조금씩 이상하다는 것을 느끼고 있는 중이다.

그런데 방금의 공격에서 그 느낌의 감을 잡은 것이다.

아몬은 자신이 공격을 강하게 하면 할수록 주변으로 충격파가 강하게 퍼지는 것을 확인했다.

하지만 어찌 된 일인지 정작 직접 공격을 당한 진운의 표정은 변화가 없었다.

그러다 보니 아몬은 진운이 뭔가 자신이 알지 못하는 어떤 스킬을 사용한다고 생각하게 되었다.

"기술?"

하지만 정작 아몬을 상대하는 진운은 지금 그가 무슨 말을 하는지 전혀 이해를 못하고 있었다.

기술은커녕 아몬의 주먹을 그냥 칼라드볼그로 막는 것이 전부였으니 말이다.

지금 진운의 머릿속에는 칼라드볼그의 공격이 왜 아몬에게 통하지 않는지 이유를 알고 싶은 생각으로 가득해서 공격을 막으면서 뭔가 기술을 쓰거나 할 정신이 없었다.

[흥! 역시 뭔가 믿는 구석이 있었기에 앞으로 나섰다 이거군. 역시 솔로몬이 자신의 후계자 자리를 그냥 바보한테 넘긴 건 아니란 거군.]

처음에는 진운의 모습에 자신이 이미 속았다는 것을 인정하면서 진운을 달리 보기 시작했다.

한데 그게 이상한 방향으로 꺾이면서 아몬은 진운이 자신의 공격을 무효화시키는 어떤 특이한 기술을 쓰고 있다고 아예 단정지어 버렸다.

수천 년을 살아오면 뭐하겠는가?

자만심과 자존심으로 똘똘 뭉친 아몬은 자신의 생각이 곧 진리라는 쓸데없는 고집을 가지고 있고, 지금 그 고집으로 진운을 판단하고 있는 중이다.

사실 지금 진운의 공격이 전혀 자신에게 통하지 않고 있다는 것만 이상하게 생각했어도 이런 착각은 할 수도 없는 일이다.

하지만 자만심이 강한 아몬은 자신이 칼라드볼그를 막는 것은 당연했고, 진운이 자신의 공격을 막는 것은 있을 수 없는 일이라고 생각하면서부터 이상하게 꼬여 버린 것이다.

[그럼 막지 못하는 것으로 하면 되겠지.]

신나게 진운을 두들기던 아몬이 갑자기 공격을 멈추더니 몇 걸음 뒤로 물러나서는 양팔을 늘어뜨리고는 무방비 상태로 섰다.

"뭐지?"

진운도 돌연 뒤로 물러나더니 양팔까지 늘어뜨리고 서 있는 모습에 긴장감이 감돌았는데,

[크크크크크큭!! 크악!!]

화르르르르륵!!

갑자기 아몬의 웃음소리와 함께 고막을 찢을 듯 강한 괴성이 사방으로 울려 퍼지더니 아몬의 몸이 하나의 불덩이

로 변하기 시작했다.

화르륵!!

엄청난 열기가 사방으로 뻗어 나가더니 주변을 시커멓게 태우기 시작했다.

일반적으로 불이 붙어서 타는 것이 아니라 열기가 닿기만 했는데도 싱싱하던 풀잎이 시커멓게 변해 버렸다.

"일반적인 불꽃이 아니야, 저건."

열기에 닿은 것이 시커멓게 타서 죽는데 이상하게 주변에 불이 붙지 않고 있었다.

저 정도로 시커멓게 탄다면 당연히 벌써 주변이 불바다가 되었어도 모자랄 판인데 말이다.

그리고 슬쩍 고개를 돌려 뒤를 보니 베이스퍼와 레이나의 표정도 그리 좋지 못했다.

[역시 네놈은 나의 사멸(死滅)의 불꽃에 영향을 받지 않는군. 그놈의 게티아 역시 짜증나!]

사실 아몬도 진운이 자신의 사멸의 불꽃에 영향을 받을 것이라고는 딱히 기대하지 않았다.

게티아를 끼고 있는 동안에는 72마신의 그 어떠한 힘도 진운에게는 통하지 않을 테니 말이다.

하지만 그걸 알고 있는 아몬이 굳이 통하지도 않을 사멸의 불꽃을 왜 피워 올렸을까?

[하지만… 뒤의 녀석들은 어떨까?]

"……!!"

음흉한 미소를 지으면서 천천히 진운에게 걸어오기 시작한 아몬이었다.

그리고 그와 동시에 진운의 뒤쪽에 있는 베이스퍼와 레이나의 표정도 급격하게 어두워지기 시작했다.

[크크크크크큭, 살아 있는 생명력을 불태워 죽이는 것이 사멸의 불꽃이지. 그런데 이걸 견딜 수 있을까? 크크크크큭, 너 빼고 말이야. 크크크크큭.]

아몬은 자신의 공격이 통하지 않는 진운의 모습에 이대로 주구장창 두들겨 봐야 헛수고라는 것을 깨달았다.

하지만 직접적인 공격 외에는 진운을 상대할 방법이 아몬에게도 없는 것은 마찬가지였다.

진운의 손가락에 게티아가 끼워져 있는 한 마신의 어떠한 능력도 진운에게는 영향을 끼치지 못했으니 말이다.

그러다 슬쩍 진운의 뒤쪽을 쳐다보고는 좋은 생각이 떠올랐다.

적이 강하다면 적의 약점을 잡는 것이 당연하지 않는가.

특히나 인질이라면 그 효율성은 대단히 높을 수밖에 없다.

"치사한 놈!!"

진운이 입술을 질끈 깨물면서 벌떡 일어나 아몬을 향해 달려들었다.

쾅!!

하지만 역시나 진운이 휘두른 칼라드볼그는 마치 몽둥이처럼 아몬의 팔에 허무하게 막혀 버렸다.

―헉헉헉, 헉!

털썩!

철퍼덕!

결국 레이나가 견디지 못하고 쓰러져 버렸다.

"레이나!!"

레이나가 쓰러지는 모습에 진운이 황급히 곁으로 다가갔지만 눈동자가 많이 풀려 있었고, 피부가 마치 가뭄에 갈라진 논바닥처럼 갈라져 버린 것이 금방이라도 숨이 넘어갈 것만 같은 모습이다.

"레이나!! 정신 차려!!"

진운은 황급히 레이나를 흔들었지만,

―진운, 걱정 마. 난 괜찮아.

잠깐 몇 마디 했을 뿐인데도 바싹 마른 입술이 찢어져서 피가 터져 나왔다.

"젠장할!!"

레이나는 지금 죽어가는데 자신은 너무나 멀쩡한 것이 너무나 화가 난 진운은 칼라드볼그를 힘껏 땅에 내려쳐 버렸다.

쾅!!

흙먼지가 사방으로 퍼지면서 주변을 뿌옇게 만들었지만 역시나 아몬의 몸에서 뿜어져 나오는 사멸의 불꽃의 열기는 막을 수가 없었는지 점점 레이나의 상태는 나빠져 갔다.

"이대로는… 이대로는……."

진운은 본능적으로 이대로 조금만 더 시간이 지난다면 레이나가 죽을 것으로 판단했다.

베이스퍼도 이미 한쪽에 쓰러져서 가쁜 숨을 몰아쉬고 있었다.

"살려야 해."

한 번 죽은 생명은 다시는 되살아날 수 없다.

죽은 다음에 하는 후회는 그저 뒤늦은 반성일 뿐이다.

그리고 그런 반성은 자신의 아버지가 죽은 것으로 충분했다.

오로지 자기 하나만 보고 대륙을 넘어 지구까지 온 레이나다.

바라는 것 없이 오로지 자신의 곁에 있고 싶어서 죽음이 오가는 사지도 망설임 없이 따라다녔던 레이나다.

그런데 그런 레이나가 죽어가고 있는 것이다.

아몬의 사멸의 불꽃에 의해 영혼이 타들어가면서 천천히 고통스럽게 죽어가고 있는 모습을 보고 있노라니 정말 이건 자신이 할 짓이 아니었다.

벌떡!

레이나를 안고 있던 손을 놓은 진운이 일어서더니 아몬을 향해 돌아서면서 말했다.

"네놈이 원하는 게 뭐냐?"

[호오! 어떻게 알았지, 내가 뭔가 원하는 게 있다는 것을?]

아몬은 진운이 자신이 원하는 게 있다는 사실을 알아차린 것이 놀라울 따름이다.

소중한 사람이 죽어가는 마당에 적의 노림수까지 파악한다는 것은 웬만한 정신력으로는 불가능했으니 말이다.

지금까지 사멸의 불꽃으로 수많은 인간을 죽여왔지만 진운처럼 자신의 노림수까지 파악한 인간은 처음이기에 순수하게 감탄하고 있는 것이다.

하지만 감탄은 감탄이고 노리는 것은 노리는 것이기에 입가에 미소를 가득 머금은 아몬이 손가락으로 진운의 손을 가리키면서 말했다.

[칼라드볼그를 넘겨라.]

쫘악!

진운은 아몬의 칼라드볼그를 넘기라는 말에 자신도 모르게 손잡이를 잡고 있는 손에 힘이 들어갔다.

[넘기기 싫은 건가? 이런, 어쩌나? 곧 영혼이 완전히 타버릴 텐데 말이야. 크크크크크큭.]

손으로 부채질하면서 마치 사멸의 불꽃의 열기가 빨리 퍼지라는 듯 행동하는 모습을 보고 있노라니 당장에라도 뛰어가서 저 면상을 후려치고 싶은 진운이다.

하지만 지금 흥분해서 때를 놓칠 수는 없었다.

레이나의 생명의 불꽃이 거의 꺼져 가는 마당에 우선 레이나를 살리고 봐야 했으니 말이다.

"사멸의 불꽃을 꺼라."

[오우, 노우~ 노우~ 노우~ 먼저 칼라드볼그를 넘기면 불꽃을 꺼주지.]

아몬으로서는 손해 볼 것이 전혀 없는 상황이기에 잔뜩 여유를 부리고 있었고, 진운은 일 초가 아까운 상황이었기에 늦을수록 진운만 불리했다.

하지만 그렇다고 무작정 칼라드볼그를 넘겨줄 수도 없다.

뭔가 안전장치가 필요했다.

"그럼 약속해라. 내가 칼라드볼그를 넘기면 사멸의 불꽃을 피우지 않겠다고 말이야."

[으음?]

진운의 말에 돌연 표정이 굳어버린 아몬은 미간을 찡그렸다.

[네놈, 알고 있구나. 마신에게 약속은 하나의 계약과 동일하다는 것을.]

“어떻게 할 것이냐? 만약에 이대로 레이나가 죽는다면… 네놈의 심장에 칼라드볼그를 박아넣을 때까지 찾아다닐 것이다. 수단과 방법을 가리지 않고!”

오히려 진운이 협박하는 상황이 되어버렸다.

[치잇.]

본래 아몬의 계획은 이게 아니었다.

칼라드볼그를 받자마자 인질을 사멸의 불꽃으로 태워 죽여 버린 후 유유히 사라지는 것이 아몬의 계획이었다.

한데, 진운이 약속을 꺼내면서 교환 조건을 걸어온 것이다.

그리고 인질이란 살아 있어야만 그 가치가 있는 법이다.

그래서 지금도 이야기하고 있으면서 사멸의 불꽃을 약하게 조절해 가능하면 레이나와 베이스퍼가 오래 살아남아서 인질로서의 가치가 있도록 유지하고 있는 것이다.

하지만 그것도 한계가 있었다.

영혼이 늦게 타들어갈 뿐이지, 여전히 사멸의 불꽃의 열기에 영혼이 타고 있었으니 말이다.

처음에는 진운이 다급했지만 시간이 지나면서 인질의 목숨이 왔다 갔다 하면서 사실상 아몬도 발등에 불 떨어진 것은 마찬가지였다.

그리고 절묘한 타이밍에 진운이 먼저 칼자루를 잡아버렸다.

약속이 마신에게는 하나의 계약과 마찬가지였기에 약속을 하는 순간 마신은 그것을 따라야만 한다.

즉 사멸의 불꽃을 사용하지 말라고 약속하면 칼라드볼그를 받는 순간부터 약속, 아니, 계약이 실행되기에 자신의 멋진 계획이 어긋나 버릴 수밖에 없다.

하지만 잠시 생각하던 아몬은 웃으면서,

[좋아, 칼라드볼그를 내가 받는다면 사멸의 불꽃을 다시는 너희에게 사용하지 않는다.]

하고 약속해 버렸다.

사실 사멸의 불꽃이 아니라도 죽일 방법은 다양했으니 말이다.

무엇보다 칼라드볼그가 없는 진운은 이빨과 발톱이 빠진 늙은 고양이게 불과했다.

마신에게 상처를 입히고 죽일 수 있는 유일한 무기가 바로 칼라드볼그였으니 말이다.

게티아만 가지고 있는 진운은 어차피 죽이기도 까다로우니 그냥 무시해도 그만인 것이다.

"좋아!"

진운은 미련없이 칼라드볼그를 아몬 앞으로 집어 던졌다.

쾅!!

진운을 주인으로 인정했기에 진운이 휘두르기 편하게 무게가 변한 것이지, 실제 칼라드볼그의 무게는 상당했다.

가볍게 던졌을 뿐인데도 땅이 파이면서 흙먼지가 일어났다.

[크크크크, 드디어 내 손에 들어오는구나!]

아몬이 칼라드볼그를 집어 들자 자연스럽게 약속이 발휘되면서 아몬의 몸에서 사멸의 불꽃이 사라져 버렸다.

너무나 강한 정신력에 육체를 가진 마족과 마신들에게 계약이란 자신의 존재를 걸고 하는 것이기에 절대로 어길 수 없었다.

그 증거로 아몬이 사멸의 불꽃을 해제하지 않았는데도 칼라드볼그에 손이 닿는 순간 불꽃이 사라져 버린 것만 봐도 알 수 있었다.

[이게 칼라드볼그였군. 크크크.]

“젠장, 빗나갔군.”

칼라드볼그를 집어 들고 흐뭇해하는 아몬을 보면서 진운은 자신의 마지막 한 수까지 틀렸다는 생각에 한숨을 내쉴 수밖에 없었다.

지금까지 칼라드볼그를 비롯해서 게티아, 그리고 레메게톤까지 모두 진운이 아니면 그 누구도 손으로 잡을 수 없었기에 혹시나 아몬도 그렇지 않을까 하는 일말의 기대를 하고 미련없이 던졌던 것이다.

거기다 한 가지 더 노린 것이 있다면, 만약에 아몬의 손이 칼라드볼드를 집어 들 때 그냥 통과가 되더라도 결국 아몬이 칼라드볼그를 만진 것이나 마찬가지이니 사멸의 불꽃도 사라지리라는 일석이조를 노린 것이다.

하지만 안타깝게도 칼라드볼그를 빼앗겨 버렸다.

[크크큭, 아주 좋아. 그런데 말이야, 이 칼라드볼그로 인간을 죽이면 어떤 기분일까?]

흠칫!

아몬의 말을 듣는 순간 진운의 가슴이 빠르게 뛰면서 머리에 떠오른 것이 레이나였다.

“젠장!”

온몸에 소름이 돋으면서 지금 아몬이 하는 말이 무슨 뜻인지 대번에 파악했다.

바로 칼라드볼그로 레이나를 죽이려는 것이다.

"안 돼!!"

[크하하하하하!]

공간이동을 통해 이미 진운보다 먼저 레이나가 쓰러진 곳에 도착한 아몬은 칼라드볼그를 높이 쳐들고 있다.

그리고 칼라드볼그를 내려치는 모습이 마치 슬로우 모션처럼 천천히 진운의 눈에 각인되기 시작했다.

"죽여 버린다!! 네놈만큼은 존재 자체를 소멸시켜 버리겠다!!"

진운이 악에 받쳐서 소리쳤지만 그런 진운의 외침에 오히려 아몬은 웃으면서,

[마음껏 괴로워해라. 크크크크큭. 그 괴로움이 나의 힘이니까 말이야. 그리고 영원히 잊지 못할 증오를 심어주지. 크하하하하하!!]

휘익!

정확하게 레이나의 목을 향해 날아가던 칼라드볼그의 칼날이 거의 목에 닿을 무렵,

쾅!!

[응?]

레이나의 목을 노리고 내려치던 칼라드볼그의 칼날이 살짝 비켜가서 땅을 후려쳐 버렸다.

당연히 아몬은 왜 검이 빗나간 것인지 이유를 몰라서 슬쩍 시선을 앞으로 돌렸는데 그곳에 처음 보는 녀석이 서 있었다.

그리고 아몬 앞에 서 있는 녀석을 본 진운은,

"시리 씨!!"

[오랜만이네요, 진운 씨.]

Chapter 09
봉인 해제

느닷없이 시리가 나타나서 레이나의 목이 잘리기 직전에 칼날의 방향을 바꿔 버렸고, 그 덕분에 살아난 레이나였다.

하지만 아몬에게는 느닷없이 나타난 시리가 반가울 리가 없었다.

[네놈, 마족이구나!! 건방지게 마족 주제에 내가 하는 일을 방해해!!]

마족과 마신은 엄연히 다른 존재였다.

마족보다 한 단계 위의 존재가 바로 마신이다.

그런데 그런 마신이 하는 일을 겨우 마족 주제에 방해했다는 것에 짜증이 치솟은 아몬은 시리를 향해 칼라드볼그를 휘둘렀다.

쾅!!

[응? 어째서?]

당연히 아몬은 시리의 몸뚱이를 가볍게 잘라 버릴 것이라고 생각했다.

하지만 결과는 시리의 손에 막혀 버렸다.

[말도 안 돼! 칼라드볼그는 마신을 죽이는 검인데… 겨우 마족 따위에게 막히다니 있을 수 없는 일이다!]

휘익!

쾅!

다시 시리의 목을 향해 칼라드볼그를 휘둘렀지만 역시나 이번에도 시리는 가볍게 손을 올려 막아버렸다.

당황한 것은 오히려 아몬이었다.

[말도 안 돼! 아니, 있을 수 없는 일이야! 마신은커녕 마족 따위에게도 막히는 칼라드볼그라니… 있을 수 없어! 있어서도 안 돼!]

[진운 씨!]

시리가 아몬이 당황하고 있는 사이 슬쩍 눈치를 주자 기다리고 있던 진운이 빠르게 시리의 곁으로 와서 레이나를 안고 뒤로 피했다.

하지만 아몬은 칼라드볼그가 마족 따위에게도 막혔다는 것에 충격을 먹어서인지 혼자 중얼거리면서 계속 칼라드볼그를 쥐고 흔들고 있다.

"고맙습니다."

진운이 진심으로 감사한 마음에 인사하자,

[별일 아니에요. 위성으로 보고 있다가 도저히 안 되겠다 싶어서 온 것일 뿐이니까요.]

"위성? 아……!"

진운은 자신에게 할당된 정찰 위성이 있다는 것을 기억해 내고는 그걸 보고 왔다는 시리의 말에 말없이 고개를 끄덕였다.

시리가 자신을 감시했다는 것에 기분 나쁜 것은 없다.

만약에 시리가 감시하지 않았다면 평생을 두고 후회할 뻔했으니 말이다.

[그보다 칼라드볼그를 마음대로 넘겨주다니, 진운 씨, 책임감이 없는 사람이군요?]

시리의 질책에 진운은 할 말이 없었다.

하지만 그렇게 칼라드볼그를 넘겨준 것에 후회도 없었다.

[하지만 선택은 훌륭했어요.]

“네?”

호되게 질책할 줄 알았던 진운은 시리가 오히려 칭찬하자 놀란 눈으로 쳐다보았다.

[소중한 것을 지키기 위해 싸우는 사람은 결코 약해질 수가 없는 법이거든요. 안 그런가요?]

“그, 그렇죠.”

소중한 것을 지키기 위해 싸우는 사람은 결코 약해질 수가 없다는 말은 사실이다.

아니, 약해지면 안 되었다.

자신이 약해지는 순간 지키기 위한 싸움이 아니라 죽지 않기 위한 싸움이 될 테니 말이다.

만약에 레이나가 아몬의 내려친 칼라드볼그에 죽었다면 진운은 그때부터 지키기 위한 싸움이 아니라 죽이기 위한 싸움을 시작했을 것이다.

[그리고 이 말도 전하기 위해서 온 거예요.]

“무슨 말을……?”

[칼라드볼그는 진운 씨의 마음을 보여주는 것이에요.]

“네? 그게 무슨 말입니까?”

뜬금없이 칼라드볼그가 자신의 마음을 보여주는 것이라니?

뜻 모를 말을 하는 시리의 모습에 당황해서 더 물어보려고 붙잡으려는데 사라지고 없다.

"엇! 레이나?"

그러고 보니 시리가 사라지면서 레이나와 구석에서 정신을 차려가던 베이스퍼까지 없어진 것이다.

[약점이 될 사람들은 잠시 제가 데리고 가죠.]

"시리 씨……."

움직이지 못하는 레이나와 베이스퍼는 지금 아몬을 상대할 진운에게는 짐보다 못한 인질인 거추장스러운 존재일 뿐이다.

그렇기에 시리가 사라지면서 같이 데리고 가버린 것이다.

[으악!! 어째서 칼라드볼그가 이런 거야!!]

아몬은 시리가 모두를 데리고 사라지는 것쯤은 안중에도 없다는 듯 칼라드볼그의 날을 자신의 팔에 대고 서슴없이 그어대고 있다.

하지만 베이기는커녕 너무나 멀쩡한 팔을 보고는 비명을 질러대기 시작했다.

[이건 있을 수 없는 일이야!! 마신들이 두려워하는 칼라드볼그가 이런 몽둥이만도 못한 검이라니 있을 수 없는 일이야!!]

칼라드볼그를 가지고 마신들을 찾을 때마다 굴복시켜서

자신이 최고의 자리에 오른 뒤 마계로 돌아가 마계까지 평정하려 했던 위대한 꿈이 산산이 부서지는 순간이다.

겨우 마족도 베지 못하는 칼라드볼그는 아몬에게 전혀 필요가 없었다.

[혹시 가짜인가?]

직접 본인이 싸우던 상대에게 받은 것인데도 너무나 믿기 힘든 사실에 혹시 가짜가 아닌지 의심까지 하는 모습을 가만히 보고 있던 진운은 한숨을 내쉬었다.

“마신도 결국 욕심에 빠지면 똑같은 녀석들이구만.”

지금 아몬의 모습은 돈의 유혹에 빠져서 허우적거리는 인간의 모습과 하등 다를 것이 없었다.

휙!!

그렇게 혼자서 칼라드볼그를 만지작거리던 아몬이 갑자기 진운을 향해 무섭게 노려보면서 외쳤다.

[네놈!! 감히 가짜를 나에게 넘겨!!]

자신이 알던 그 무시무시한 칼라드볼그가 이럴 수는 없다는 생각에 사로잡힌 나머지 가짜라고 단정지어 버린 아몬이다.

반대로 그런 아몬의 모습에 진운은 자신도 모르게 웃음이 새어 나왔다.

진짜를 알아보지 못하는 녀석이었으니 말이다.

[역시 웃는 것을 보니 네놈이 나를 속였구나!!]

"멍청한 놈."

진운은 레이나도 이제 안전한 곳으로 피신했다는 생각에 마음이 안정되더니 시야가 확연히 넓어지면서 그동안 보이지 않던 것까지 세세하게 보이기 시작했다.

'결국 마음먹기 나름이었어. 레이나가 위험하다는 생각에 조바심을 냈던 것은 오히려 나였구나.'

처음에 아몬이 레이나를 공격하는 바람에 마음의 안정이고 뭐고 오로지 레이나를 지켜야 한다는 일념에 시야가 좁아지면서 생각의 폭도 좁아진 진운이었다.

사실 아몬도 그걸 노리고 레이나를 공격한 것은 아니었다.

그저 자신의 존재를 알아보는 엘프들의 진실의 눈이라는 것이 기분 나빠서 먼저 건드렸을 뿐이다.

뭐, 결과적으로 아몬에게 유리하게 상황이 흘러가긴 했지만 지금은 그 반대가 되어버렸다.

쿵!!

급기야 아몬은 손에 들고 있던 칼라드볼그를 바닥에 던져 버렸다.

"버린 것인가?"

진운이 물어보자,

[당연하지! 이따위 가짜에 내가 속을 줄 알았느냐!! 건방진 녀석! 네놈은 내가 직접 죽여주마!!]

화르르륵!!

양손에 시퍼런 불꽃을 피워 올린 아몬이 공격하려는 듯 자세를 잡았다.

하지만 진운은 그런 아몬의 모습은 상관없는지 땅에 떨어진 칼라드볼그를 가만히 쳐다보다가,

"버렸다면 이제 내 것이군."

스르르르륵.

진운이 내 것이라고 말하자마자 놀랍게도 땅바닥에 내팽개친 칼라드볼그가 흐릿하게 변하더니 사라져 버렸다.

그리고 진운의 손에서 다시 모습을 드러내었다.

그걸 두 눈으로 직접 본 아몬은 길길이 날뛰었다

[네놈!! 감히 나를 또 속여!! 진짜를 가짜처럼 믿게 만들다니!!]

"훗, 아주 쇼를 하는구만, 쇼를 해. 자기가 버려놓고 이제 와서 남의 탓이냐?"

진운의 비웃음에 아몬은 얼굴을 일그러뜨리더니 눈동자를 굴려 주변을 살피기 시작했다.

"왜? 또 인질을 이용하게?"

멈칫!

아몬은 진운의 말에 순간 몸이 살짝 경직되는 것 같았지만 아무렇지 않은 표정으로 말했다.

[영악한 놈, 아까 그 마족을 이용해서 다 옮겨 버렸군. 가짜처럼 위장하는 방법으로 말이야. 대단한 녀석이다, 네놈은. 정말 대단해.]

아주 혼자서 소설을 쓰고 있는 아몬의 모습에 질렸다는 듯 진운이 칼라드볼그를 한번 내려치자,

쾅!!

가볍게 내려쳤을 뿐인데도 엄청난 흙먼지가 사방으로 피어오르면서 잠깐이지만 진운의 몸을 감춰 버렸다.

[훗! 그따위 눈속임에 내가 속을 줄 아느냐!! 건방진 인간!!]

화르르륵!!

오히려 아몬은 주먹의 불꽃을 더욱 강하게 피워 올리기 시작했고, 그러자 아몬의 몸에서 나온 열기에 공기가 흔들리더니 곧바로 어디선가 바람이 불어 흙먼지를 쓸고 날아갔다.

[하하하하하!! 어떠냐? 그따위 눈속임 따위는 나의 불꽃 한 방이면… 이면…….]

흙먼지가 사라지자 자랑스럽게 크게 웃으면서 떠벌리던 아몬이 갑자기 말소리가 줄어들더니 진운을 향해 시선을

고정시킨 상태로 움직일 줄을 몰랐다.

"왜? 더 떠들어보지?"

[네, 네놈… 네놈… 어떻게 봉인을 풀었느냐? 어떻게 칼라드볼그의 봉인을……?]

흙먼지가 사라지고 난 뒤 드러난 진운의 손에는 놀랍게도 커다란 대검의 칼라드볼그가 아니라 미려하고 얇지만 길이는 2미터가 넘는 커다란 장검으로 변한 칼라드볼그가 들려 있었다.

"이거? 그냥 내가 이랬으면 좋겠다 하니까 변하던데?"

[말도 안 돼!! 그럴 리 없다!!]

아몬은 결코 믿을 수 없다는 듯 큰 소리로 바락바락 악을 썼지만 진운은 무심하게 무시해 버렸다.

그리고 그런 아몬을 보면서 씨익 웃던 진운은,

"그리고 칼라드볼그가 변하면서 안 사실인데 말이야."

스윽~

게티아를 끼고 있던 손을 천천히 들어 올리더니 정확하게 아몬을 향해 뻗었다.

그리고 손바닥을 펴더니,

"태초의 존재와 약속한 자의 이름으로 명한다. 그대 아몬, 나의 명에 따라 멈춰라!"

[크억!!]

　그냥 진운이 손을 뻗어서 명령했을 뿐인데 갑자기 아몬의 양손에서 피어오르던 불꽃이 순식간에 사라지면서 차렷 자세로 멈춰 버렸다.

　"오, 정말 효과가 있는데?"

　사실 진운도 이걸 처음 써보기에 긴가민가했는데 정말 명령 하나로 마신이 꼼짝도 못한다는 것이 신기했다.

　"자, 그럼 어디……."

　저벅저벅, 저벅.

　천천히 걸어서 아몬의 곁으로 간 진운은 정면으로 아몬을 마주하고는 씨익 웃었다.

　"어쩌나? 상황이 완전히 역전되어 버렸네?"

　[헤헤헤헤헤헤, 얌전히 게티아에 봉인되겠습니다, 주인이시여!]

　"응? 뭐라고? 봉인되겠다고?"

　[네, 헤헤헤헤. 제가 잠시 정신이 나가서 한 미친 짓은 그만 용서해 주시고 게티아에 봉인되면 마음껏 부려먹어 주십시오. 성심성의껏 주인님에게 봉사하겠습니다.]

　한순간에 비굴함에 끝이 뭔지 보여주는 아몬이다.

　"음, 뭐 그것도 나쁘지는 않겠지. 봉인해서 마음껏 부려먹는 것도 말이야. 하지만 왠지 그러기 싫은데 어쩌지?"

　흠칫!

아몬은 방금 말을 한 진운의 눈동자를 보면서 온몸에 소름이 돋는 것을 느꼈다.

"레오날드!"

갑자기 진운이 예전에 봉인했던 마신의 이름을 부르자 놀랍게도 진운의 옆으로 레오날드가 모습을 드러냈다.

[부르셨습니까, 주인님.]

"이거 먹어버려라."

불러낸 레오날드에게 딱 그 한 마디만 남기고서 몸을 돌려 버린 진운이다.

그리고 명령을 받은 레오날드는 눈빛이 붉게 변하더니,

[주인님의 명령, 따르겠습니다. 크크크크크큭.]

대답과 동시에 천천히 아몬의 곁으로 다가가는 것이다.

[레오날드!! 이거 왜 이래? 우리 친한 사이였잖아. 안 그래? 우리 이러지 말자! 내가 그냥 얌전히 봉인될게! 그럼 내가 네 아래로 들어갈게! 어때?]

무섭게 다가오는 레오날드의 모습에 아몬이 다급하게 소리쳤지만 레오나르는 일체 대꾸하지 않으며 천천히 다가와서는 덥석 아몬의 목을 양손으로 움켜잡아 버렸다.

[레오날드, 우리 이러지 말자. 응? 이러지 말자.]

마지막까지 살아보기 위해 사정하는 아몬이었다.

하지만 그런 아몬의 모습을 무심하게 바라보던 레오날드

는 혀를 한번 내밀어 입맛을 다시더니 말했다.

[잘 먹겠습니다.]

그 말을 끝으로 쩌억 입을 벌렸다.

그저 입을 벌렸을 뿐이다.

다만 아몬의 머리가 한입에 삼켜질 만큼 크게 벌렸다.

으적!

단 한 입에 아몬의 머리를 먹어버린 레오날드는 몇 번 씹더니 꿀꺽 삼켜 버리고는 다시 양팔을 씹어 먹기 시작했고, 그렇게 하나하나 먹어버렸다.

발톱 하나 남기지 않고 모조리 씹어 먹어버린 것이다.

그리고 그렇게 다 먹은 뒤 품에서 작은 손수건 하나를 꺼내더니 입술을 슬쩍 닦아내고는 몸을 돌려 진운에게 다가갔다.

[주인님, 명령하신 것 실행했습니다.]

"그래?"

[네.]

레오날드의 말이 끝나자 그제야 고개를 돌려 아몬이 있던 곳을 쳐다본 진운은 흔적도 없이 사라진 것을 확인하고는 그저 무심하게 고개를 돌려 버렸다.

"레오날드."

[네, 주인님.]

“왜 이제 가르쳐 준 거지?”

[무엇을 말씀이십니까?]

“아몬을 멈추게 했던 그 주문 말이야. 왜 이제야 나에게 가르쳐 준 건지 궁금해서 그래.”

사실 진운은 조금 전까지만 해도 주문을 전혀 모르고 있었다.

그런데 진운이 칼라드볼그를 힘껏 내려치면서 흙먼지를 피워 올렸을 때 문득 이런 대검의 칼라드볼그는 더 이상 필요하지 않다고 느끼게 되었다.

그런 생각이 들자 놀랍게도 칼라드볼그의 모습이 변하기 시작했다.

마치 처음부터 장검의 모양이었다는 듯 너무나 완벽하게 장검으로 변해 버린 것이다.

그리고 그동안 죽은 듯 조용히 있던 레오나드가 진운에게 말을 걸었다.

[게티아를 마신에게 향하고 명령하십시오. 태초의 존재와 약속한 자의 이름으로 명한다. 그대 아몬, 나의 명에 따라 멈추라고 말입니다. 그럼 게티아의 권능에 의해 마신은 멈출 수밖에 없습니다.]

처음에는 레오날드가 갑자기 자신에게 깍듯하게 존댓말을 하는 것도 그렇고 뭔가 꺼림칙했는데 사실 레오날드에게는 도움도 많이 받았기에 그냥 따라 해본 것이다.

그런데 놀랍게도 아몬에게 정확하게 먹혀 버렸으니 진운도 놀라긴 마찬가지였다.

이렇게 좋은 것이 있었다면 왜 처음부터 가르쳐 주지 않았는지 약간에 원망도 담겨 있는 듯한 진운의 말투였다.

[그 주문은 칼라드볼그의 봉인이 풀렸을 때 들을 자격이 주어집니다.]

“……”

레오날드의 말을 듣던 진운은 그저 피식 웃으면서,

“그리고 너에게 주인으로서 인정받는 것이기도 하겠지?”

[맞습니다.]

한마디로 지금까지 진운은 게티아의 주인일 뿐, 그 안에 봉인된 마신의 주인은 아니었던 것이다.

하지만 방금 칼라드볼그의 봉인이 풀리면서 자연스럽게 게티아의 봉인도 풀려 버렸는지 모르지만, 결국 좋게 끝났으니 그냥 넘기기로 한 진운이다.

결과적으로 자신이 부족해서 이렇게까지 상황이 꼬여 버린 것이니 말이다.

사실 진운은 칼라드볼그가 봉인되어 있었다는 것조차도 모르고 있었으니 레오날드에게 뭐라고 큰소리칠 입장도 아니었다.

"그럼 게티아의 봉인도 풀린 거냐?"

그동안 진운을 답답하게 했던 공간이동을 못하게 된 주된 원인이던 게티아가 봉인을 스스로 풀었는지 궁금해서 물어보자,

[네. 제가 이렇게 밖으로 나올 수 있다는 것 자체가 게티아의 봉인이 풀린 겁니다.]

"하, 허무하네. 결국 내가 진심으로 마신을 상대하겠다는 마음가짐이 없었기 때문에 아몬에게 그토록 애를 먹었던 것이구나. 결국 나 때문이었어, 나."

사실 진운은 마신 사냥보다는 일루미나티를 상대로 어떻게든지 아버지의 죽음에 대해서 알아내는 것이 목적이었다.

그러다 보니 자연스럽게 마신에 대해서는 거의 신경을 쓰지 않았던 것이다.

마신은 나중에라도 봉인하면 된다, 우선 아버지를 죽인 일루미나티를 없애 버리자는 생각이 머릿속에 박혀 있는 상황에 그까짓 마신이 신경 쓰일 리가 없었다.

거기다 막상 마신을 봉인해서 쓰는 용도는 대륙으로 차원 이동하는 것이 전부였기에 활용성도 극히 낮은 마신을 일일이 찾아다니는 것이 번거롭게 느껴진 것이다.

당연히 상황이 이러라니 칼라드볼그의 봉인이 풀릴 수가 없었다.

주인이 의욕이 없는데 무기가 아무리 좋아봐야 무슨 소용이 있겠는가.

당연히 칼라드볼그는 진운의 마음과 함께 천천히 무뎌지기 시작했고, 결국에는 완전히 날이 사라져 버린 것이다.

시리가 했던, 자신의 마음먹기에 따라 달라진다는 것이 바로 이 뜻이다.

그런데 레이나의 목숨이 왔다 갔다 하는 상황을 겪고 나서 다시 찾은 칼라드볼그를 손에 쥐었을 때는 완전히 진운의 마음이 달라져 있었다.

'죽인다. 소멸시켜 버린다. 마신의 존재를 없애 버릴 것이다' 하는 마음이 가득하자 당연히 칼라드볼그도 주인의 마음에 따라 반응해서 더욱 날카롭고 강하게 변화하다가 결국 봉인까지 풀어버린 것이다.

모든 것은 결국 마음먹기에 따라 얼마든지 쉬운 길로 갈 수도 있었던 것이다.

스스로가 한 가지에 집착해서 그것만 바라보고 움직였기에 이렇게까지 힘들었다는 점을 이제야 깨닫게 된 것이다.

“수고했어.”

[다시 불러주실 때까지 기다리겠습니다, 주인님.]

그 말을 끝으로 레오날드는 다시 게티아 안으로 들어가 버렸다.

그리고 멍하니 하늘을 쳐다보던 진운은 그동안 자신이 얼마나 바보 같았는지를 깨달았다.

그러고 나니 정말 세상에서 가장 한심한 놈이 바로 자기 자신이었다는 것에 화가 나다가도 웃음이 나오기도 했다.

“돌아가자, 기다리고 있을 테니.”

미친놈처럼 난리칠 수도 있었지만 그러기에는 진운의 정신상태가 지극히 정상이었기에 그냥 스스로 못난 점을 인정해 버리기로 했다.

스윽.

게티아의 봉인이 풀렸다는 레오날드의 말에 습관대로 손을 뻗어 공간의 틈을 열려고 했는데 갑자기 주변의 환경이 바뀌어 버렸다.

“뭐지?”

순식간에 밀림의 정글에서 콘크리트로 지어 올린 빌딩이 가득한 곳으로 주변이 바뀌자 살짝 당황한 진운은 한글로 쓰인 간판이 눈에 들어왔다.

그제야 진운은 이곳이 다름 아닌 한국이라는 사실을 알
아차렸다.

"뭐야? 봉인이 풀리면 공간이동도 이렇게 편하고 쉬운
거였어?"

정말 힘 빠지는 일이 연속으로 생기는 하루였다.

Chapter
10 확인

"괜찮아?"

진운이 병원 입원실에 누워 있는 레이나를 보면서 나직하게 물었다.

―괜찮아. 시리 씨도 최악의 상황까지는 가지 않은 걸 보면 아몬이 나를 완전히 죽일 생각은 없었다고 하더라.

"그래, 그거 다행이다, 정말."

천만다행으로 아몬이 인질로서의 가치 때문에 힘 조절을 한 것이 지금 레이나가 살아나게 된 결정적인 원인이기도 했다.

　물론 그렇다고 아몬을 향한 진운의 원한이 사라질 리는 없지만 말이다.

　레오날드가 먹어버리긴 했지만 아몬 같은 마신이 분명히 또 있을 것이다.

　아니, 나머지 마신이 전부 아몬과 같은 놈들일 수도 있었다.

　그럼 언제든지 레이나가 인질이 될 수도 있는 상황이 벌어질 것이다.

　아니, 무조건 벌어진다고 봐야 했다.

　게티아의 주인인 진운을 마신들은 건드릴 수가 없으니 당연히 진운의 곁에 있는 소중한 사람을 인질로 잡는 것은 너무나 당연했다.

　이번 아몬의 경우를 봐도 정말 천국과 지옥을 여러 번 오갔을 만큼 고생하고 후회도 했지만 반대로 그만큼 깨달은 것도 많은 싸움이었다.

　"과일 줄까?"

　아파서 링겔을 팔에 꽂고 누워 있는 레이나를 보면 너무나 미안한 진운이다.

　100% 자신 때문에 지금 레이나가 이런 고생을 하고 있으니 말이다.

　―후후훗.

“왜 웃는 건데?”

―그냥 한 번쯤 아파도 좋겠다는 생각이 들어서 말이야.

레이나의 가벼운 투정 같은 농담에 진운은 잠시 입을 다물었다가 굳은 표정으로 말했다.

“그런 생각은 하지도 마. 알았지?”

―이런, 이런. 진운이 화가 났네. 알았어, 걱정 마. 엘프는 인간의 질병에는 걸릴 일이 없으니까 말이야.

“그럼 다행이고.”

농담 한번 했다가 진운의 정색한 얼굴을 본 레이나는 피식 웃을 뿐이다.

그리고 확실히 진운의 태도도 달라져 있기에 지금 레이나는 아프고 고생했지만 기분만큼은 좋았다.

그저 동료로 생각하는 듯 거리를 두고 있었던 진운이다.

여자인 자신이 먼저 고백했지만 역시나 변화가 없었기에 그저 기다리는 것밖에 할 수 없는 레이나였다.

그런 와중 죽음의 문턱을 오가면서 확실히 진운의 태도가 바뀐 것을 보니 왠지 한 번 더 아프면 완전히 자신에게로 와주지 않을까 하는 욕심이 생기기도 한 것이다.

물론 진운이 그 사실을 알았다가는 정말 정색을 넘어서 아픈 레이나를 앉혀놓고 하루 종일 다그칠 것이 뻔하지만 말이다.

─여자는 사랑을 먹고산다더니… 정말이구나.

"응? 여자가 뭘 먹어?"

옆에서 사과를 깎는 데 열중하고 있던 진운은 레이나가 중얼거리는 말에 물었다.

─아니야. 그냥 전에 진운이 가져온 책에서 읽었던 글이 생각나서 말이야.

"그래?"

다시 사과에 집중한 진운은 곧 깔끔하게 깎인 사과를 레이나 앞에 내밀었다.

─잘 깎았네?

"그야 당연하지. 나에게 칼 쓰는 법을 가르친 사람이 바로 레이나 본인인 것을 잊으면 실례잖아. 안 그래?"

─후후훗, 하긴 그러네. 그보다 옆방에 베이스퍼 씨가 입원해 있는데 안 가봐도 돼?

"괜찮아. 거기에는 베이스퍼의 손녀가 와 있으니까."

─그럼 다행이고.

레이나는 조용히 말을 끝내더니 지그시 진운을 바라보면서 다시 입을 열었다.

─진운.

와삭!

"응?"

진운이 사과를 한입 베어 물면서 레이나를 바라보자,

―사랑해.

쿨럭~!!

"…뭐… 그게… 왜… 갑자기 그런 말을……. 하하하, 하하하, 하하하……."

느닷없는 레이나의 사랑 고백에 진운의 얼굴이 갑자기 붉어지더니 먹던 사과를 콧구멍에 넣었다가 내려놓고는 자리에서 일어섰다가 앉았다를 반복했다.

―당황했어?

"아, 아니야. 내가 무슨 당황을 해. 그런 거 아니야. 절대로."

양손을 크게 흔들면서 아니라고 하지만 지금 진운의 모습은 누가 봐도 당황한 것이 분명했다.

그도 그럴 것이, 레이나가 직접적으로 진운에게 사랑한다고 말한 적은 없었다.

아이린을 통해서 알게 되어 대답을 들은 적은 있지만 그것과 직접 대놓고 '사랑해'라고 말하는 것은 그 느낌부터가 완전 달랐다.

―진운에게 꼭 사랑한다는 말을 하고 싶었어.

"크흠, 험험험."

다시 사랑해라는 말이 나오자 괜히 헛기침을 하는 진운

이다.

—그때… 내가 죽어가는 것을 알았을 때 무슨 생각이 든 줄 알아?

"……."

진운은 대답없이 조용히 듣기만 했다.

지금까지 살아오면서 진운이 가장 후회하는 일이 있다면 레이나가 죽기 직전까지 갔던 경험이다.

김미영이 대륙에서 죽어갈 때도 미친 듯이 후회가 되었는데 이번에는 레이나까지 그런 일을 겪으니 진운은 마음이 편할 수가 없었다.

—진운에게 내가 직접 사랑한다는 말을 한 번도 한 적이 없다는 거였어.

"……."

—웃기지? 곧 죽을 것 같은 상황에 그런 생각을 하고 말이야. 후후후훗.

레이나는 장난스럽게 웃었지만 그런 모습을 보는 진운은 정말 레이나에게 미안하기도 하면서도 겨우 이런 자신을 그토록 사랑해 주는 여자가 있다는 것이 너무나 고마웠다.

거기다 그 사람이 레이나라는 것이 이렇게 고마울 수가 없었다.

스윽.

조용히 자리에서 일어난 진운이 레이나에게 다가가더니,

"사랑해, 나도."

―지, 진운!

느닷없는 진운의 고백에 이번에는 레이나가 심하게 당황했다.

"나도 같았어. 그때 네가 죽어가는 것을 보면서 여러 가지 생각이 머릿속에 어지럽게 돌아다녔지만… 그것보다 네가 죽어가는 것을 보고서야 뒤늦게 깨달은 것도 있어."

슬며시 손을 내밀어 레이나의 손을 잡은 진운은,

"너를 사랑하고 있다는 것을 말이야."

―진… 운…….

레이나의 눈에서 눈물이 주르르 흘러내렸다.

그리고 엘프이기 이전에 여자라는 자신의 존재가 얼마나 감사한지를 느끼게 되는 순간이기도 했다.

사랑하는 사람에게서 사랑한다는 말을 듣는 것이 왜 그렇게 기쁜지도 알게 된 것이다.

사랑하는 남녀가 자신의 마음을 고백하자 자연스럽게 눈빛만 봐도 서로 갈구하게 되는 것은 당연했다.

천천히 말없이 진운의 손이 레이나의 볼을 쓰다듬으면서 다가가기 시작했다.

그리고 레이나의 입술과 진운의 입술이 천천히 서로를

향해 다가가면서 닿기 바로 직전,

　활짝!

　"레이나 언니! 아프다면서요?"

　후다다닥!!

　"…두 사람, 지금 뭐하고 있었어요?"

　정말 중요한 순간에 찬물을 확 끼얹어 버린 녀석은 바로
아이린이었다.

　―아이린, 중국에 있다더니 어쩐 일이야?

　최대한 아무렇지 않은 듯 레이나가 물어봤지만 이미 눈
치가 백 단인 아이린은 천천히 다가와 진운을 한번 보더니
진운의 손을 꼬옥 잡고서,

　"용기있는 자가 미인을 얻는대요. 그러니 이번에는 내가
나갈 테니까 꼭 성공하세요. 알았죠?"

　그 말과 함께 다시 밖으로 나가 버리는 아이린이었다.

　―…….

　"……."

　이미 분위기가 깨어져 버린 상황에 아이린이 나간다 하
더라도 다시 분위기가 잡힐 리 없었다.

　"저럴 때 보면 영락없는 어린애네, 어린애."

　―하긴… 그렇긴 해.

　물론 아이린이 일부러 알고 방해한 것은 아니지만 정말

아쉬운 마음이 드는 것은 어쩔 수 없었다.

　레이나와 진운이 서로 얼굴을 한번 쳐다보고는,

　―후후후후훗.

　말없이 레이나가 웃자,

　"후후후훗."

　진운도 나직이 웃었다.

　"아, 처음 레이나를 만났을 때가 생각난다."

　―아, 바벨의 탑에서?

　"응. 그때 레이나는 정말 냉혈한 여자 그 자체였는데 말이야."

　―하긴 그때는 나도 살아서 고향으로 돌아간다는 생각만 머릿속에 가득했으니까.

　레이나는 잠시 생각하는 듯 멍하니 창밖을 보다가 피식 웃었다.

　―진운.

　"응?"

　―인연이라는 것이 참 신기하지 않아?

　"인연? 음, 뭐, 그렇긴 하지."

　―지금 나와 진운을 봐. 처음 만났을 때 우리가 이렇게 되리라고 생각이나 했어?

　"하긴 그때는 서로 어떻게든지 살아서 바벨의 탑을 벗어

나기 위해서 서로 악을 쓰던 시절이니까 말이야.”

진운도 그때의 생각에 잠시 말없이 창문을 바라보았다.

―진운.

“응?”

―미안해.

뜬금없이 미안하다는 레이나의 말에 진운이 창밖을 보던 시선을 돌려 쳐다보자,

“뭐가 미안하다는 거야?”

―처음 만났을 때 묶어놓고 심하게 발로 찼던 것 말이야.

“아, 그거? 크크크크큭.”

진운은 그때를 생각하자 이상하게 웃음이 나왔다.

―왜 웃는 거야?

“그냥 그때 레이나를 보면 눈에 살기부터 번뜩였던 것이 생각나서 말이야.”

―그랬지.

“그리고 그거 알아? 우리 서로 정말 볼 거, 안 볼 거 다 본 사이란 거.”

―그야… 바벨의 탑에서 지낸 공간이 하나였으니까 그렇지.

바벨의 탑에서 그 당시 유일하게 안전한 곳이 레이나가 지내던 공간이었기에 어쩔 수 없이 서로의 모습을 전부 볼

수밖에 없었다.

"하아, 이런 게 추억이라는 거구나."

진운이 나직하게 한마디 하자 레이나도 고개를 끄덕이면서,

―그거 알아?

"응?"

―내가 엘프의 숲에서 몇 백 년의 세월을 살아오면서 쌓인 추억보다 진운과 지낸 몇 년 동안의 추억이 더 많다는 것을 말이야.

"그래? 하긴 나도 평생을 살아온 것보다 레이나와 지낸 몇 년의 추억이 훨씬 많았으니까 서로 비긴 건가?"

―후후훗.

레이나는 그저 웃을 뿐이다.

그때,

똑똑똑!

활짝!

노크 소리와 함께 병실 문이 열리더니 시리가 들어왔다.

[좋은 시간 방해한 건가요?]

"아니에요. 들어오세요."

시리는 슬쩍 입가에 미소를 지으면서 들어와서는 진운의 얼굴을 유심히 보고 레이나의 얼굴을 살펴보더니,

[이제 도장만 찍으면 되겠네요.]

―네?

아직 지구 결혼 풍습이 뭔지 잘 모르는 레이나는 고개를 갸웃거렸지만 진운은 그 말을 듣고 괜히 얼굴이 붉어졌다.

[우선 미안한데, 진운과 할 이야기가 있어서요. 잠시 빌려갈게요.]

―네, 그러세요.

진운은 시리를 따라 병실 밖으로 나왔다.

가장 높은 층에 딱 열 개밖에 없는 VIP 병실이라 그런지 조용하고 직접적인 관계가 없는 사람은 올 일이 없는 곳이라 나름 진운도 만족하는 중이다.

물론 비싸긴 하지만 이 병원도 대동그룹 소유이기에 공짜나 마찬가지라는 것이 가장 마음에 들긴 했지만 말이다.

[테칸의 계약자가 아몬인 게 확실해진 이상 녀석들에게 사라진 마신들이 있는 것은 거의 확실한 것 같군요.]

시리는 그동안 자신이 조사한 것과 더불어 진운과 아몬의 싸움에서 밝혀진 자료까지 모두 종합하여 결과를 도출해 냈다.

그것은 일루미나티에서 어떻게 마신을 보유하고 있는지는 모르겠지만, 그들의 행동대장으로 보일 만큼 직접적으로 움직이던 테칸이 마신 아몬의 계약자였다는 사실.

그리고 그게 드러난 이상 그동안 사라진 마신의 존재가 일루미나티에 있을 가망성이 매우 높다는 것을 확신할 수 있게 되었다.

"그런데 정말 제가 만난 마신들 외에는 세상에 마신이 드러난 적이 없는 겁니까?"

진운은 그동안 마신에 대해서 딱히 관심이 없었기에 무심했지만 이제는 이야기가 달라졌기에 적극적으로 시리에게 물었다.

[맞아요. 가끔 마신이 움직였을 법한 흔적은 남아 있지만 거의 대부분 일루미나티에서 활동하는 자들의 소행이고, 진운이 만난 아스타로트 같은 경우는 전혀 없었어요. 오히려 그렇게 숨어 있던 아스타로트를 찾은 진운이 더 대단하다고 전 생각하고 있는 중이에요.]

"운이 좋았을 뿐입니다."

진운은 슬쩍 웃으면서 민망함을 넘겨 버렸다.

[그보다 이제 어떻게 할 건가요?]

시리는 진운의 분위기부터 눈빛이 확연히 달라진 것을 느끼고 있기에 슬쩍 질문을 던졌다.

"글쎄요. 사실 아직도 전 세상을 구한다든지 뭐 그런 거창한 것은 관심이 없는 게 사실이에요."

진운이 솔직하게 말하자 시리도 웃으면서,

[이미 알고 있어요. 진운 씨는 주변의 소중한 사람들이 우선이라는 것도요.]

"하지만 일루미나티는 그냥 두고 볼 수 없어요. 마신도 그렇지만 아버지의 원한도 갚아야 하니까요."

[그럼 정면으로 싸울 건가요?]

"뭐 그렇게 거창한 건 아니에요. 그리고 어디에 녀석들이 숨어 있는지도 모르는데 싸우러 갈 수도 없잖아요"

본래 테칸에게 일루미나티의 본거지가 어디인지 물어보려고 했는데 너무나 강한 레이나의 능력 때문에 일이 꼬여버려서 테칸이 죽어버린 것이다.

사실 그런 굉장한 녀석이 그렇게 죽어버릴 거라고는 전혀 생각지도 못했다.

사실 하늘에서 쏟아지는 거대한 미사일 크기의 바람의 화살을 그렇게 두들겨 맞고도 살아났다면 오히려 아몬보다 더 대단한 녀석이 테칸이었을지도 모른다.

아무튼 그렇게 허무하게 죽은 테칸의 몸에 들어간 아몬 때문에 개고생도 했고 말이다.

"그보다 시리 씨."

[네, 말씀하세요.]

"로이칸은 찾았습니까?"

[아니요. 필리핀 정부의 도움으로 땅속에 있는 모든 것을

꺼냈지만 로이칸의 흔적은 없었어요. 하지만……]

 "……?"

 말꼬리를 흐리는 시리의 모습에 진운이 그녀를 바라보자,

 [아마 테칸, 아니, 아몬에게 먹혔을 거라고 저희는 자체 판단하고 있어요.]

 "그게… 무슨 말이죠?"

 [사실 테칸과 로이칸은 동시에 한 마신과 계약한 상태였어요. 그리고 테칸이 죽어버렸죠. 물론 로이칸도 죽었는지 살았는지 모르지만 테칸의 몸을 통해서 완전한 각성을 한 아몬이 로이칸을 살려둘 필요가 없어요.]

 "아니, 왜 살려둘 필요가 없는 겁니까, 계약자인데? 마신에게 계약은 자신의 존재를 흔들 만큼 중요한 것 아닌가요?"

 진운은 그렇게 알고 있기에 아몬에게 레이나를 살리기 위해 약속이라는 말만 바꾼 계약의 조건으로 칼라드볼그를 넘겨줬으니 말이다.

 [그건 맞아요. 마신들, 마족들에게 약속이나 계약은 자신의 존재를 흔들 만큼 중요한 문제죠. 하지만 로이칸이 테칸을 통해서 아몬과 계약을 했다면 테칸이 죽는 순간 테칸의 계약은 물론 로이칸의 계약까지 자연스럽게 사라지는 거

죠. 대신 로이칸의 영혼까지 아몬의 차지가 되는 거구요.]

"…그렇다면… 그럴 수도……."

진운도 생각지 못했던 것이다.

설마 테칸을 통해서 다시 계약을 맺는 것은 말이다.

사실 아주 불가능한 일은 아니다.

다만 이미 마신과 계약한 자와 다시 계약을 맺을 경우 이미 먼저 계약을 맺은 사람의 명령에 무조건 복종해야 되는 조건이 생겨 버리기에 웬만해서는 그런 복잡한 계약은 하지 않는 편이다.

하지만 테칸과 로이칸은 쌍둥이 형제다.

피는 물보다 진하다는 것이 역시 맞는 말인지 그렇게 복잡한 계약을 해버린 것이다.

그리고 그렇게 시리의 이야기를 듣던 와중에 진운도 뭔가 짚이는 게 있었다.

"그렇다면 레이나가 본 것이… 로이칸의 영혼일 수도 있겠군요."

[네?]

"레이나가 테칸의 몸을 빌려서 각성한 아몬의 등 뒤로 검은 그림자가 희미하게 보였다고 했거든요. 나름 레이나도 마족이라면 어느 정도 알고 있는 편인데 그런 모습을 처음 봤다고 하기에 그때는 그냥 그러려니 했는데 시리 씨의 말을 들어보니 어쩌면 그렇게 이중 계약을 해서 영혼이 겹쳤을 수도 있겠다는 생각이 들어서요."

　[아, 그렇다면 더 이상 로이칸의 찾는 것은 그만둬야겠군요.]

　"네. 그게 아무래도 좋겠네요. 이미 영혼까지 먹힌 녀석을 찾는 것은 불가능하니까요."

　그동안 시리는 로이칸을 찾는 것을 완전히 포기한 것은 아니다.

　자체적으로 테칸을 통해 계약을 해서 아몬이 각성하는 순간 로이칸도 죽었다고 추측은 했지만 그건 추측일 뿐이기에 일 퍼센트라도 가능성이 있다면 끝까지 포기하지 않고 찾을 작정이었던 것이다.

　하지만 방금 진운의 말을 들은 시리는 그 일 퍼센트의 가능성도 없다고 판단하고는 로이칸을 찾는 것을 완전히 포기하기로 했다.

　[고마워요. 덕분에 좋은 정보 얻어가네요.]

　"제가 고맙죠. 그리고 아저씨는 잘 있나요?"

　[한번 보러 가보는 것도 좋지 않나요? 연락할 때마다 진운 씨 걱정 때문에 다른 것은 물어보지도 않던데 말이죠.]

　"……."

　잠시 생각하던 진운은 고개를 끄덕이면서,

“아무래도 한번 찾아가야 할 것 같아요. 레이나도 아파서 잠시 쉬어야 하는 상황이니까요.”

[그럼 제가 준 시계에 다이얼을 오른쪽으로 다섯 번 돌려 보세요. 그럼 소지훈 씨와 김미영 씨, 그리고 다슬이가 지내고 있는 안전가옥의 위치가 나올 거예요.]

“아, 이미…….”

[후훗, 원래 모든 일에는 적당한 대비가 필요한 법이죠. 그리고 리엘이라고 했던가요?]

“네.”

[그녀도 지금 소지훈 씨가 있는 안전가옥으로 가고 있는 중이에요.]

진운은 리엘까지 세심하게 신경 쓰는 시리의 모습에 너무나 고마웠다.

“매번 신세만 지는군요.”

[신세라고 할 것도 없어요. 서로 돕고 돕는 관계니까요. 현재 유일하게 마신을 상대할 수 있는 진운 씨와 손을 잡고 일루미나티를 상대하는 것은 그만큼 우리가 승리할 가능성이 높아서 그러는 거예요.]

어떻게 보면 참 딱딱하게 말한다고 느낄 수도 있지만 진운은 그런 시리의 말투가 진심인지 아닌지조차 파악 못할 만큼 수련이 짧은 편이 아니다.

“고마운 건 고마운 거죠.”

씨익 웃으면서 끝까지 고맙다고 말하는 진운의 모습에 시리도 입가에 고혹적인 미소를 지으면서,

[이번에 깨달은 게 많았나 보군요.]

“네.”

[강해지세요. 진운 씨가 강해질수록 우리의 싸움은 이길 수 있으니까요.]

그러고는 천천히 복도를 걸어서 사라져 버린 시리였다.

Chapter 11
스 치 는 인 연

“이쯤인가?”

진운은 국도를 지나 고속도로도 탔다가 다시 국도로 자리를 옮겼다가를 반복하고 있었다.

시리가 떠나고 진운은 레이나와 하루 더 지내다가 아이린에게 잠시 자리를 맡기고는 지금 소지훈이 지내고 있다는 안전 가옥을 향해 가는 중이다.

물론 시리가 선물로 준 멕라렌을 타고서 말이다.

부아아앙!!

시세만 몇 십 억 하는 차가 바로 멕라렌이다.

당연히 엄청 좋고 멋진 차인 것은 맞았다.

하지만 그와 동시에 정말 극악으로 진운을 놀라게 하는 것이 있었는데 바로 연비였다.

"하아, 또 기름이 떨어졌어?"

진운이 가면서 국도와 고속도로를 자주 번갈아 오가는 것은 바로 이 극악의 연비를 가진 차 때문에 어쩔 수 없이 기름을 넣기 위해 고속도로 휴게소를 찾아서 올라오는 것이다.

사람들은 국도에도 주유소 많은데 왜 굳이 고속도로를 가는 거냐고 할 수도 있지만, 사실 막상 국도를 운전해 보면 의외로 국도는 주유소 간의 거리가 너무 멀다는 것을 알 수 있을 것이다.

고속도로도 딱히 가까운 것은 아니지만 그래도 국도보다는 상황이 나은 편이기에 가능하면 고속도로로 움직이면서 어쩔 수 없을 경우에만 국도를 타는 편이다.

하지만 워낙에 내비게이션도 없는 멕라렌이다 보니 급한 대로 지도를 보고 찾아가는 진운이 제대로 길을 찾을 수 있을 리가 없었다.

거기다 그동안 진운의 길잡이이던 레이나는 한동안 병원에서 쉬어야 하는 상황에 아이린에게 간병을 맡기고 혼자 나왔으니, 길 찾는 일이 무슨 이산가족 찾아 남에서 북으로

올라가는 수준에 가까울 만큼 복잡하게 움직이고 있는 것
이다.

　끼이익!

　진운이 차를 세우자,

　"헐……!"

　주유소 직원이 차를 보고는 벌어진 입을 다물 줄을 몰랐
다.

　"가득이요."

　진운은 볼 것도 없이 무조건 가득이라고 말하고서 다시
지도를 살펴보고 있는데,

　똑똑!

　몇 분 지났을까, 차의 창문을 두드리는 소리에 고개를 돌
려보니 겨우 열 살 정도 되어 보이는 여자애 하나가 진운을
빤히 쳐다보고 있는 게 아닌가?

　지이잉!

　그래도 자신을 쳐다보고 있는 여자애를 무시할 수는 없
다는 생각에 창문을 내리자,

　"오빠."

　"잉?"

　느닷없이 진운을 보고 오빠라고 하자 오히려 진운이 살
짝 당황했다.

“오빠, 나 시간 많은데…….”

“…….”

순간 할 말을 잃게 만드는 어린애, 아니, 열 살짜리 소녀
였다.

“오빠 돈 많지?”

진운은 가만히 소녀를 보면서 우선 무슨 말을 하는지 들
어보기로 했다.

“돈 많으면 나 라면 하나 사줘. 나도 시간 많으니까 오빠
가 사주는 라면 먹을 수 있어. 어때?”

“풋, 크크크큭.”

진운은 여자애가 하는 말이 뭔가 좀 이상했지만 결론은
라면 하나 사달라는 거였다.

그것도 구걸이라고 하기에는 참 당돌하면서도 당차게 말
하는 모습에 결국,

“어떤 라면으로 사줄까, 시간 많은 아가씨?”

“사줄 거야? 정말?”

소녀도 진운이 정말 사준다고 할 줄은 몰랐는지 사준다
는 말에 얼굴 표정부터 확 달라져 버렸다.

때마침,

“손님, 주유 끝났습니다.”

“여기요.”

　기름도 다 넣었기에 카드로 계산을 끝내고 바로 뒤쪽에 있는 휴게소 식당으로 들어가기 위해 움직이려고 하니 열 살짜리 어린애가 차를 따라 움직이다가 혹시라도 사고가 날지도 모른다는 생각이 들었다.

“차에 타고 같이 갈까?”

그냥 어린애 혼자 두고 자기만 차로 먼저 식당으로 가기 뭣해 한 말이다.

그런데 소녀는 갑자기 눈동자가 흔들리더니 진운을 두려워하는 눈빛으로 쳐다보았다.

“왜 그러니?”

“저기… 오빠, 나 만지지 않을 거지?”

“응? 그게 무슨 말이니?”

뜬금없이 만지다니 그게 무슨 소리인가 싶었다.

“며칠 전에 어떤 오빠가 나 햄버거 사준다고 해서 옆에 탔는데… 그냥 나 만지기만 했어. 햄버거도 안 사주고… 여기저기다 만지기만 했어. 여기저기 다.”

“……!!”

그제야 소녀가 하는 말이 뭔지 이해가 된 진운이다.

성추행을 당한 것이다.

그것도 구걸하는 여자애를 꾀어서 말이다.

“넌 내가 그런 오빠로 보이니?”

진운이 조용히 물어보자,

"그런 오빠 아닌 거 같아서 내가 오빠한테 온 거야."

"……."

구걸도 사람 봐가면서 한다는 소녀의 대답에 진운은 정말 열 살짜리 꼬마가 맞는지 의심부터 들기 시작했다.

물론 진운이 겉모습만 보고 열 살 정도로 생각하고 있는 것이다.

하지만 이맘때 어린애들은 하루가 다르게 자라기 때문에 거의 대충 맞았다.

"그럼 난 차를 타고 갈 테니 넌 걸어서 식당으로 갈래?"

굳이 옆자리에 타는 것을 두려워하는 어린애를 억지로 태우고 싶은 생각이 없어 물어보자 그건 또 싫은지 고민하기 시작하는데,

"오빠."

"응?"

"그럼 내가 옆에 탈 테니까 나 만지면 안 돼?"

"그래, 걱정 마. 나 이래 봬도 결혼할 여자가 있어. 그러니 걱정 마."

진운 딴에는 안심하라는 식으로 자신은 사랑하는 여자가 있다고 말했지만,

"남자는 결혼해도 늑대라고 했어."

“누가 그러는데?”

“저기 식당 라면 코너 할머니가.”

“…….”

확실히 지금 이 소녀를 보고 있으면 세상은 무섭다는 말이 백번은 맞는 말인 듯했다.

뭐 잠깐의 실랑이가 있긴 했지만, 나름 열 살짜리 안목에 괜찮은 남자로 찍힌 진운이었는지 순순히 차에 올라타는 소녀였다.

“와, 차 죽인다!”

“…….”

어떻게 여자애가 하는 말마다 사람을 기가 막히게 하는지 그것도 참 재주라고 생각되는 중이다.

부아앙!!

가볍게 돌아서 휴게소 바로 앞에 멕라렌을 정차시키고 차에서 내리자,

힐끗.

힐끗힐끗.

주변 사람들이 한 번씩은 진운의 차를 쳐다보기 시작했다.

사실 국내에 한 대뿐인 차였으니 처음 보는 사람은 신기할 만도 했다.

우선 외관부터가 '나 겁나게 비싼 차요. 건드리면 전세 보증금 빼야 하니 건드리지 마시오' 라는 포스를 강력하게 뿜어내는 멕라렌을 보고 시선이 돌아가지 않는다면 그게 더 이상할지도 몰랐다.

"이름이 뭐니?"

원래는 라면을 사주려고 했는데 어제저녁부터 아무것도 못 먹었다는 말에 전복죽과 함께 돈가스를 시켜준 진운이다.

그래도 두 끼 이상 굶었으니 우선 전복죽으로 빈속을 살짝 달래고 나서 돈가스를 먹으라고 했지만, 역시나 대단한 열 살의 여성분께서는 돈가스가 먼저 나오자 이미 양손에 쥐고 뜯어 먹고 있는 중이다.

시커먼 손으로 말이다.

"이름 없어요."

"응?"

순간 진운은 자신이 잘못 들었나 싶었다.

이름이 없다는 것도 이상했는데 그걸 자랑스럽게 말하는 것은 더욱 이상했다.

"이름이 없다니? 무슨 말이니?"

"그게… 이름을 몰라요. 기억이 안 나요."

이름을 모른다, 기억이 안 난다는 말에 잠시 고민하던 진운은 다시 물었다.

"혹시 너 머리 다친 적이 있니?"

"응, 있어요."

그러면서 잡고 열심히 뜯어 먹던 돈가스를 내려놓고 식당의 탁자 위로 벌떡 올라오더니 진운에게 머리부터 들이밀었다.

"요기, 요기."

기름이 잔득 묻은 손으로 떡 진 머리카락을 손가락으로 휘젓더니 이제는 딱지가 앉아서 거의 나아가는 상처를 보여준 것이다.

"오빠, 상처 맞죠?"

"그러네."

그러고는 다시 탁자를 내려가더니 돈가스를 양손으로 집어 들고 뜯어 먹기 시작했다.

포크나 나이프는 어디에 쓰는 물건인지 물어보지도 않는 모습에 진운도 굳이 포크와 나이프를 쓰라고 말하지 않다.

"그럼 얼마나 여기에 있었니?"

"음……."

그래도 먹을 것 사주는 사람이라는 생각 때문인지 아니면 사람과 이야기하는 것을 좋아해서인지 모르지만, 먹는 와중에 어지간히 귀찮게 질문하는데도 인상 한번 찡그리지

않고 대답을 잘해주는 모습을 보면 근본이 나쁘거나 성격
이 못된 애 같아 보이진 않았다.

"라면 코너 할머니가 어제 나보고 석 달 동안 어떻게 여
기서 살았냐고 했거든. 근데 오빠, 석 달이 뭐야?"

"음……."

막상 갑자기 어린애가 석 달이라는 것이 뭔지 질문하자
말문이 막히는 진운이다.

그러다 문득 사람 손가락이 열 개라는 생각에 손가락을
모두 펴서는 소녀에게 보여주면서,

"이렇게 이거 한 개가 하루야. 하루는 알지?"

"응, 오빠. 나 하루는 알아."

"그럼 이 하루가 모두 접히고, 이렇게 접히는 게 세 번이
면 한 달이야. 그리고 이 한 달이 세 번이면 석 달이 되는
거야."

"음, 이렇게 접고… 이게 또… 접고……."

갑자기 진운의 설명에 정신이 팔린 소녀는 먹던 돈가스
도 내려놓고 손가락으로 열심히 뭔가 계산하는 듯하더니,

"와, 나 여기서 엄청 오래 살았네?"

이제 열 살짜리 여자애가 혼자서 고속도로 휴게소에서
삼 개월이면 정말 오래 산 것이다.

그런데 문득 삼 개월이라는 말을 들은 진운이 고개를 갸

웃거렸다.

보통 이런 휴게소는 사람의 유동이 많기도 하지만 24시간 하는 편이기에 항시 사람이 있다.

당연히 그런 곳에 미아나 버려진 애가 있으면 누가 연락해도 벌써 연락해서 어디 보호 시설로 데려갔을 터였다.

한데 이상하게 이 소녀는 삼 개월이 넘도록 이곳에서 지낼 수 있다는 것이 왠지 이해가 가지 않았다.

거기다 지금 이 소녀는 기억상실증에 걸린 상태가 분명했다.

다친 곳이 있냐는 말에 상처를 보여주었고 진운이 본 상처를 봐서는 그냥 놀다가 다친 것일 수도 있다고 생각할 만큼 상처가 그리 깊거나 큰 것은 아니었다.

하지만 사람의 뇌는 의외로 충격에 약한 편이었다.

그런데 이제 열 살 남짓한 어린애의 뇌는 충격에 더더욱 취약할 수밖에 없었다.

알다시피 열 살이면 한창 성장기의 어린애였다.

당연이 무럭무럭 자라야 하는 어린애의 뼈가 성인들의 뼈처럼 단단할 리가 없으니 말이다.

당연히 같은 충격을 머리에 받더라도 어른은 그냥 먼지 털고 일어설 수 있는 가벼운 충격에도 어린애는 심각하게 상처를 입을 수도 있다는 결론이 나올 수밖에 없었다.

그러니 딱히 의학 쪽은 잘 모르는 진운이 봐도 기억상실증은 분명한데,

"이상하게 밝은 성격이네."

보통 열 살짜리가 기억을 잃고 고속도로 휴게소 같은 곳에서 몇 달씩이나 혼자 남게 된다면 당연히 성격은 소심해지고 사람을 무서워하거나 두려워 하기도 하는 등 여러 가지 복합적인 정신적 혼란 상태를 보이게 마련이다.

이는 굳이 어린아이가 아니라 성인이라 하더라도 그러한 모습을 보일 법도 하다.

더군다나 어린 여자애였다.

그런데 진운이 봐도 이 소녀는 지나치게 밝은 것이다.

물론 어린애 같지 않은 모습을 보이는 것도 아니다.

그냥 어린애 같은 모습에 밝은 모습이 이상하게 진운의 호기심을 자극하기에는 충분했다.

'버려진 건가……?'

몇 달씩이나 혼자 휴게소에 기억을 잃고 서성이는데 부모가 찾아가지 않는다는 건 높은 확률로 버려졌을 가능성이 가장 커 보였다.

그렇다 보니 진운이 이런 생각이 가장 먼저 드는 것은 당연할 수밖에 없다.

그러다 전복죽까지 나오자 진우는 그걸 소녀에게 내밀어

서 먹도록 한 다음에 물수건을 가져와서 억지로 손을 뺏어 닦아주었다.

깨끗하게 손을 씻고 음식을 먹어도 잘못하면 탈나는 경우가 많은데 땟국물이 흐르는 손으로 돈가스를 집어서 먹고 있으니 아무리 진운이 무심한 성격이긴 하지만 이건 아니다 싶었던 것이다.

그러다 문득 고개를 들어보니 라면 코너가 보였다.

'혹시 라면 코너 할머니라면 알고 있지 않을까?'

소녀가 몇 번씩이나 라면 코너 할머니가 말했다면서 언급했기에 제법 친할지도 모른다는 느낌이 들어 일어서서 라면 코너 쪽으로 가자 소녀의 말대로 육십대로 보이는 할머니 한 분이 앉아서 잠시 쉬고 있었다.

"실례합니다."

진운이 나직하게 부르자 할머니는 일어서서 다가오더니,

"주문서는 이쪽이구려."

손님으로 착각한 듯 주문서를 달라고 손을 내미는 모습에,

"그게 아니라, 혹시 저 소녀를 아시나 해서요."

진운이 앉아서 전복죽을 커다란 숟가락으로 열심히 퍼먹는 모습을 손가락으로 가리켰다.

"이런…… . 저것이 또 손님한테 폐를 끼쳤구먼."

“……??”

어째 할머니 말투가 그냥 친한 정도를 넘어서 편안한 듯한 말투였다.

마치 가족을 향해 하는 말처럼 말이다.

“아이고, 죄송합니다, 손님. 저것이 제 손년데 어린애가 몇 달 전에 다쳐서 기억을 잃어 버려서 저렇게 아무한테 밥 얻어먹는 못된 버릇이 들어서…….”

할머니는 소녀 앞에 커다란 돈가스 접시와 전복죽을 퍼먹는 모습에 미안한데 진운에게 고개 숙여 인사를 했다.

뭐, 어린애한테 그 정도 사주는 것은 어치피 진운에게 일도 아니기에 괜찮다고 하고서 이야기를 들을 수 있었다.

“사실 삼 개월 전에 바로 요기 앞 휴게소 들어오는 부분에서 교통사고가 나면서 다 죽고 저 어린것만 살아 남아버렸으니……. 거기다 그때 충격으로 다 잊어버려서 할머니인 나조차도 전혀 알아보지 못하고 있어서 어쩔 수 없이 출근하면 놀도록 두고 퇴근할 때 데리고 가고 있구먼…….”

할머니는 정말 안타까운 듯 소녀를 바라보면서 눈물이 글썽이는 모습이었다.

그리고 할머니의 말을 듣고서야 어째서 어린애 혼자서 휴게소에서 삼 개월이 넘도록 방황해도 아무도 신고해서 데리고 가지 않았는지 알 수가 있었던 것이다.

즉 이곳 휴게소에 있는 모든 직원이 저 소녀를 알고 있었으니 신고할 필요가 없었다.

거기다 기억을 잃어버린 것을 다 알고 있는 상황이라 측은한 마음에 주변 사람들이 돌아가면서 조금씩 돌봐주고 있었던 것이다.

주변에 먹을 거 하나 있으면 챙겨주는 사람도 있고, 친할머니가 식당에서 일하고 있었다.

당연히 퇴근할 때 데리고 가서 같이 자고 나서 출근하면 다시 함께 나오는 생활을 하고 있었으니 이상하게 밝은 것도 이해가 되는 진운이었다.

한마디로 현재 기억상실증이라는 옆에서 보면 정말 안타까운 상황이지만 정작 소녀 본인은 전혀 다른 것이다.

기억상실로 자신의 이름도 잃어버렸지만, 동시에 자신의 부모가 죽었다는 사실조차 잊어버렸다.

당연히 누군가를 영원히 잃어버렸다는 슬픔을 느낄 이유가 없는 것이다.

휴게소는 어린애 입장에서는 제법 큰 놀이터나 다름없는 공간이었다.

거기다 휴게소의 특성상 매일 수백 명에서 수천 명의 사람이 오가는 곳이기에 어린애가 혼자 있거나 조금 애교를 떨면 성격 좋은 사람은 맛난 것을 사주는 일도 흔한 곳이기도 했다.

그렇게 한 번 두 번 얻어먹다 보니 재미 들어서 자기 마음에 드는 사람이 있으면 먼저 가서 구걸 아닌 구걸을 하는 것이 하나의 놀이가 되어버린 것이다.

"저기 이것을……."

할머니는 자신의 앞치마로 가더니 꼬깃꼬깃한 모양으로 접혀있는 만 원짜리 두 장을 내밀면서 음식값이니 받으라고 했지만 진운이 웃으면서 거절했다.

"귀여운 숙녀한테 저 정도는 사줄 수 있는 형편입니다. 그냥 넣어두세요."

진운의 현재 한국에서의 직함은 대동그룹 직속산하에 있는 이사급 임원이었다.

그가 사용하는 신용카드에 그렇게 기록이 되어 있으니 말이다

거기다 진운이 사용하는 카드는 거의 한도 무제한이었고, 거기다 진운이 어떻게 사용하든 눈치 볼 필요도 없는 돈이었다.

그런데 겨우 어린애 한 끼 사줬다고 쌈짓돈을 받는 것은 개념이 없다는 것밖에 되지 않기에 진운 스스로가 거부한 것이다.

"오빠～ 잘가!!"

실컷 먹고 나서 진운이 가려고 차에 타는데 민정이가 양 손을 흔들면서 진운을 크게 불러 잠시 주변의 시선이 집중 되었지만 그 정도는 개의치 않는 진운이었다.

그리고 민정이라는 이름도 라면 코너에 있던 민정이의 친할머니에게서 들은 이름이었다.

부우웅!!!

시동을 걸고 다시 휴게소를 나와 고속도로에 올라선 진 운은 운전 도중 문득 민정이가 떠오르더니 자신도 모르게 입가에 미소가 그려졌다.

"도대체… 저 말투는 누구한테 배운 걸까."

갓 열 살짜리가 서슴없이 오빠~ 오빠~ 하면서 친근하 게 다가오는 모습을 보면 본래 성격이 그럴 가능성이 매우 높았으니 말이다.

뜻하지 않게 휴게소에서 이상한 인연을 가진 민정이로 인해 소지훈이 있는 안전가옥으로 가는 길이 조금 늦어지 긴 했지만, 실제로 진운이 지도와 씨름하면서 길을 찾아 헤 맨 것이 더욱 결정적인 역할을 했다.

물론 진운 본인은 그걸 전혀 모르고 있지만 말이다.

Chapter
12
휴식

"여긴가?"

힘들게 길을 찾아 도착한 곳을 처음 본 진운은 상상했던 것과 다른 모습에 잠시 자신이 잘못 찾아온 것이 아닌지 다시 지도를 훑어보았다.

최소한 산속의 별장을 생각했던 진운이었다.

하지만 자신의 눈앞에 보이는 모습은 전원주택이 옹기종기 모여 산마루 아래에 위치한 모습이었으니, 누구라도 진운과 같은 반응을 보일 만한 것은 분명했다.

당연히 안전가옥이라고 해서 뭔가 은밀하거나 조용하거

나, 아니면 사람이 거의 없는 곳으로 생각했던 것과는 완전 다른 풍경이었으니 말이다.

"잘 찾아온 것이 맞나?"

사실 요즘 세상에 네비게이션도 길을 잘못 찾는 경우가 많은데, 지도를 보며 혼자 차를 몰고 찾아왔으니 이런 생각을 하는 건 어쩌면 당연했다.

게다가 안전가옥이라는 조금은 특이한 곳을 찾아온 것이니 지도와 다를지 누가 알겠는가.

하지만 그런 걱정을 한 것도 잠시,

"마스터!!"

조금 멀리서 진운을 향해 양손을 벌리고는 뛰어오는 리엘을 확인한 진운은 최소한 제대로 찾아온 것에 어느 정도 마음을 놓아버렸다.

"마스터!!"

덥썩!!

진운의 품에 그대로 달려와 안겨드는 리엘의 모습에 말없이 머리를 쓰다듬어 주는 진운이었다.

은근히 진운에게 거리감을 가지고 있었던 리엘이 잠시 떨어져 있는 동안 조금 바뀌었는지 스스로 먼저 진운의 품에 뛰어들어 왔다.

그런 지금의 리엘의 모습이 진운은 더 편안하게 느껴지

고 있었다.

노예이니 뭐니 하는 것은 처음부터 관심없다고 했던 진운이었으니 말이다.

아무튼 마중 아닌 마중을 나온 리엘 덕분에 소지훈의 집을 찾는 것은 의외로 쉽게 해결되었다.

"아저씨!"

진운이 문을 열고 들어가면서 소리치자,

"이게 누구야!!"

거실에서 다슬이와 그림 그리기를 하고 있었는지 손에 크레파스를 들고 있던 소지훈이 너무 놀라 벌떡 일어섰다.

그러고는 한달음에 달려와서는 진운을 격하게 끌어 안아버렸다.

덥썩!

"남자끼리 왜 이래요."

진운이 웃으면서 그냥 싫은 듯 말은 했지만 굳이 소지훈의 손을 뿌리치진 않았었다.

"녀석아, 살아서 오니 다행이다, 다행이야……."

"어머? 진아!!"

김미영도 주방에서 뭘 하다가 소지훈이 갑자기 외친 큰소리에 궁금해서 얼굴을 내밀었다가 진운의 얼굴을 보고는 소스라치게 놀라는 것이다.

“누나 안녕~”

마치 아침에 어딜 나갔다가 저녁에 집에 돌아와서 하는 인사처럼 아무렇지 않게 웃으면서 손바닥을 흔드는 진운의 모습에 김미영도 다가오더니,

“건강하구나.”

진운의 얼굴을 빤히 쳐다보다가 만족했다는 듯 웃으면서 한마디 했다.

진운도 웃으면서,

“내가 뭐 아플 게 있나? 알잖아. 나 아프고 싶어도 아프지 못하는 거. 후후훗.”

“하긴…….”

진운의 능력과 무력을 이제 가족들도 대충 알고 있으니 이런 말을 해도 쉽게 받아들이는 김미영이었다.

“밥은?”

역시나 대한민국의 모든 주부들이 가족에게 많이 하는 말 중에 하나가 바로 밥 먹었냐는 말인데 김미영도 크게 다를 게 없는 듯했다.

“아니 아직 안 먹었어요.”

“그럼 같이 먹자. 마침 준비중이었으니까.”

“네.”

정말 오랜만에 진운은 가족과 즐겁게 밥 먹으면서 그동

안 밀린 이야기를 하면서 기분 좋게 있을 줄 알았었다.

밥상이 나오기 전까지는 말이다.

"진아."

"네?"

김미영이 부르는 소리에 다슬이와 놀아주던 진운이 고개를 돌리자,

"저기 리엘말야."

"아, 왜요?"

"좀 어떻게 안 되겠니?"

"네? 무슨 말이에요?"

김미영은 조금 난감하다는 표정으로 이야기를 시작하는데 내용은 이랬다.

리엘은 진운보다 하루 전에 이미 도착해서 소지훈의 가족들과 하루 지낸 상태였다.

물론 대륙에서 잠시 리엘과 함께 지낸 적도 있기에 리엘을 소지훈이 맡는 것은 그리 문제가 될 것이 없었던 것이다.

그런데 문제가 하나 있다면 바로 밥 먹을 때였다.

대륙에서 아이린 일행과 함께 지낼 때는 밥을 먹을 때 각자 알아서 먹는 편이었다.

하지만 이곳 지구에서는 한집에 살다 보니 당연히 처음

으로 리엘과 마주하고 밥을 먹는 상황이 생겨 버렸었다.

"그게 죽어도 주인의 가족과 자신은 밥을 먹을 수 없는 신분이라면서 한 상에서 먹는 걸 거부하니……."

"……."

노예와 주인이 결코 겸상을 하지 않는 곳이 대륙이었다.

특히나 먹는 것으로 신분의 지위를 확실하게 표현하는 대륙의 특성상 주인과 노예가 같은 시간에 밥 먹는 것조차도 결코 있어서는 안 되는 일인 것이다.

보통 애완동물과 함께 살 때 전문가들이 하는 말이 결코 동물을 밥상 위에 올려놓고 같이 밥 먹어서는 안 된다고 경고를 한다.

왜냐하면 그렇게 같이 밥을 먹게 되면 동물은 인간을 자신보다 아래라고 생각하게 되고, 그때부터 애완동물이 아니라 애완원수가 되어버리니 말이다.

어차피 인간도 동물이니 먹는 것을 확실하게 구분지어서 노예와 주인의 경계를 긋는 것은 어떻게 보면 추잡스러워 보일 수도 있다.

하지만 이게 아주 어릴 때부터 너무나 당연한 것처럼 세뇌가 되어버린다면 상황은 완전히 달라지는 것이다.

아무리 이성적으로 자신이 노예가 아니라고 생각을 하게 되더라도 한번 어릴 때부터 세뇌가 되어버린 식사 예절은

무의식적으로 거부하게 되는 것이다.

그저 이유도 모르고, 왜 그래야 하는지도 모르지만 몸이 거부하는 것이다.

"그냥 먹어도 된다고 해봤어요?"

진운이 별거 아닌 듯 말했지만 김미영은,

"그뿐이니? 억지로 밥상에 앉혀보기까지 했어. 그런데 울어버리더라."

"울어… 요?"

"그래, 아주 그냥 펑펑 울면서 제발 용서해 달라고 하는데… 오히려 내가 얼마나 놀랐는지…….."

"……."

리엘이 노예라는 사실을 김미영도 대충 들어서 알고 있다.

하지만 저렇게까지 극단적인 반응을 보일 것이라고는 전혀 예상하지 못했던 김미영은 결국 리엘을 주방 쪽에 데려다주고 달랜 후에 밥을 따로 주었다는 것이다.

"많이 놀랐겠네요, 누나."

진운이야 이미 리엘의 그놈의 노예근성을 알고 있으니 뭐 그러려니 했지만 김미영은 처음 겪어봤으니 난감할 수밖에 없었다.

"이쁘장하고… 똑똑하고… 싹싹한 것이 참 괜찮은

데……. 저 성격은 좀……. 누구한테 시집가더라도 고생할 게 뻔하잖아. 안 그러니?"

김미영은 지금 리엘이 커서 시집가서 할 걱정까지 하고 있는 모양이었다.

사실 진운도 김미영의 걱정이 아니라도 나름 그동안 노예근성을 고쳐 보려고 노력을 했고 의외로 변한 부분도 많이 존재했다.

성격이 밝아진 것부터가 진운의 보이지 않는 노력의 결실이었으니 말이다.

말로써 리엘을 고치기보다 진운은 조용히 행동으로 자연스럽게 리엘이 받아들이도록 노예가 아닌 리엘을 하나의 동료로서 대했던 것이 빠르게 효과를 보였던 게 그것이다.

그렇다 보니 그냥 보면 리엘은 여느 귀여운 소녀와 다를 바가 없는 편이었다.

밥 먹을 때만 빼면 말이다.

진운도 가끔 리엘과 밥 먹을 때마다 몇 번이나 같이 먹는 것을 시도해 봤지만 결국 리엘의 엄청난 고집에 포기했던 적이 몇 번 있었다.

물론 거의 세뇌에 가까운 식사 예절을 억지로 고치려고 해봐야 서로 피곤할 뿐이라 천천히 바꿔 가면 된다는 생각에 그냥 내버려두었었는데 소지훈과 같이 살면서 또다시 그것이 문제가 되어버린 것이다.

"제가 잘 말해볼게요."

"응, 그래줄래? 그래도 앞으로 리엘과 함께 살아야 되는 데… 내가 마음이 불편해서 말야. 꼭 내가 못된 주인 같잖아."

괜히 리엘에게 미안해하는 김미영이었다.

물론 진운도 그런 기분을 잘 알기에 고개를 끄덕이면서 이번에 밥 먹을 때는 억지로라도 같은 상에 앉히리라고 다짐했다.

뭐든지 처음이 힘들어서 그렇지, 한 번 해서 조금만 익숙해지면 두 번째는 더 쉽고, 세 번째는 더더욱 쉽고 결국에는 자연스럽게 같이 밥 먹게 될 것이 분명하니 말이다.

하지만…….

"마스터… 그냥… 저기 가서 혼자… 먹을게요……."

"안 돼!"

진운이 냉정하게 잘라 버리자 리엘은 이러지도 못하고 저러지도 못하고 혼란스러운지 갈피를 잡지 못하고 있었다.

자신의 마스터인 진운의 말이라면 당연히 뭐든지 따라야 했다.

당장 옷을 벗으라고 해도 서슴없이 벗어버렸을 리엘이었다.

하지만 같은 밥상에서 밥을 먹어야 한다는 명령은 이상하게 몸이 거부하는 것이다.

진운이 리엘을 노예로 그냥 데리고 있겠다면 상관없겠지만, 가족으로 받아들일 생각이기에 무조건 고치기로 마음먹은 상태였다.

밥 먹을 때마다 씨름하는 것만큼 피곤한 일도 없으니 말이다.

거기다 진운은 조만간에 다시 떠나야 했다.

가족들이 잘 지내는지 궁금하기도 했던 찰나에 때마침 시간적 여유가 생기기도 했다.

물론 테칸이라는 최대의 적이 사라져 약간이나마 마음의 여유도 있었기에 이렇게 찾아올 생각을 했지만 말이다.

자신의 움직임으로 인해 가족이 위험해 진다고 판단했다면 절대로 오지 않았을 진운이었고, 그걸 소지훈이나 김미영이 모를 리가 없기에 진운이 찾아온 것을 무엇보다 기뻐하고 있는 것이다.

아무튼 진운이 떠난 다음에 리엘과 같이 생활하는 것은 바로 소지훈과 김미영이었다.

그런데 이들에게 리엘의 쓸데없는 고집으로 인해 한지붕

아래에서 같이 살면서도 이상하게 밥 먹는 것 때문에 거리감을 느껴서야 어떻게 가족이라고 할 수 있겠는가.

거기다 진운이 아니면 아예 씨알도 먹히지 않는 리엘의 고집을 지금이라도 꺾어놓든지, 아니면 최소한 김미영이나 소지훈의 말이라도 듣게끔 고쳐 놓아야 한다는 생각에 아주 엄하게 리엘을 대하는 진운이었다.

훌쩍… 훌쩍…….

물론 그 결과 리엘은 울면서 진운에게 매달리고 있지만 말이다.

하지만 역시 시간이 지날수록 직접적인 마스터로 인정하고 있는 진운이라 그런지 조금씩 리엘에게서 반응이 오기 시작했다.

최소한 같은 상은 아니지만 바로 옆에 작은 상을 하나 따로 해서 같이 먹는 것까지는 성공했으니 말이다.

진운은 지금 리엘을 상대로 하면서 다시 한 번 세뇌라는 게 얼마나 무서운지 깨닫기도 했다.

리엘은 자신이 왜 그렇게 무서워했는지, 울며 매달리기까지 하면서 같은 밥상에서 밥 먹는 것을 극도로 두려워했는지 본인조차도 전혀 모르고 있었으니 말이다.

겸상까지는 아니지만 같은 자리에 옆에 작은 상으로 해서 그래도 최소한 얼굴을 마주보면서 밥 먹는 것까지 성공하고 나서 오히려 리엘은 좋아했다.

그렇게 무서워하던 것과는 완전 다른 모습이었던 것이다.

진운은 혹시나 울면서 밥 먹지나 않을까 하는 생각에 너무 자신이 몰아붙인 게 아닌가 걱정을 했던 것이 바보같이 느껴질 정도였다.

그만큼 옆에 작은 상에 밥을 놓고 한 숟가락이 입에 들어가는 순간 표정이 살아나더니 금방 웃으면서 김미영과 이야기를 시작하는 모습에 확신한 진운이었다.

세뇌란 인간의 모두를 조종할 수 있다는 것을 말이다.

사람들은 돈에 팔려가는 여자들이 왜 탈출하지 않을까 하는 생각을 하곤 한다.

당연히 그냥 도망쳐서 도와달라고 하면 얼마든지 도와줄 사람들이 있을 것이라고 생각하면서 말이다.

당연히 남의 일이기에 그렇게 쉽게 생각하는 것도 있지만 실제로 겪는 당사자는 엄청난 경험을 하게 되기에 그런 것을 생각하거나 고민할 정신적 여유가 없는 상태가 되어버린다.

한때 실제로 어린 소녀를 납치해다가 지하 창고에 가둬놓고 20년이 넘도록 키운 부자가 잡힌 뉴스가 있었다.

그런데 그걸 취재한 기자가 풀려난 소녀, 아니, 이제는

아가씨가 되어버린 여자에게 묻기를,

　"탈출할 생각을 왜 하지 않으셨죠?"

　라고 물은 것이다.

　이건 지극히 정상적인 이성을 지닌 사람이라면 어떻게든지 탈출해서 자신의 부모에게 돌아가려고 노력했을 것이 당연하기에 물어본 질문이기도 했다.

　그리고 그 당시 법정에서도 스스로 탈출하려는 노력하지 않았다는 것을 이유로 들어 납치해서 지하에 가둔 범인들을 변호하던 변호사가 여자에게도 어느 정도 책임이 있다는 식으로 이야기를 돌리는 것에 꼬투리가 잡히기도 했으니 말이다.

　하지만 정신 감정 결과 놀라운 결과가 나와 버렸다.

　어린 시절 잡혀서 지하에서 생활하던 초기에 무서움과 두려움에 지친 나머지 자신에게 먹을 것을 주는 사람에게 의지해 버리는 성향이 나타나 버렸다는 것이다.

　그리고 그 사람이 하는 말을 듣지 않으면 죽을지도 모른다는 본능적인 두려움에 시키는 대로 다 하게 된다는 정신 감정 결과가 나온 것이다.

　그것이 받아들여져서 범인들은 하나는 사형을, 하나는 무기징혁을 선고받은 사례가 있었다.

　여자는 풀려나고서도 거의 몇 년 동안이나 집중적으로

정신치료를 받아야 할 만큼 후유증도 엄청나게 오래간 것이 실제 있었던 일이었다.

그리고 나중에 치료가 거의 끝나갈 때쯤 또다시 그녀를 치료했던 의사가 발표한 것이 있는데, 인간은 어릴수록 두려움에 굴복해서 그것을 피하기 위해 자신을 납치한 사람이라도 조금만 친절하게 대하면 그 사람에게 의지해 버리는 성향을 보인다는 것이다.

그리고 그 와중에 저도 모르게 자기 자신에게 스스로 세뇌와 비슷한 것을 걸기 시작한다는 것.

그렇게 되면 누가 시키거나 한 것이 아님에도 스스로 살고자 하는 본능에 의해 노예가 되는 일을 선택한다는 것이다.

문제는 그렇게 자기가 자기 자신에게 그렇게 세뇌를 한번 걸어버리면 그걸 푸는 것은 거의 불가능하거나 오랜 시간과 노력이 필요하다고 했다.

남이 건 세뇌는 어떻게든 상담이나 여러 가지를 직접 눈으로 보여줘서 그 사람의 말이 틀렸다는 것을 증명하면 의외로 쉽게 풀리는 편이었다.

하지만 자기 자신에게 세뇌를 걸어버리게 되면 그건 그 누가 와도 풀기가 불가능하거나 아니면 정말 오랜 시간과 노력이 필요할 만큼 어렵다는 것이다.

그 당시 치료를 담당했던 정신과 의사도 거의 일 년을 그녀의 옆에서 전담하듯이 치료했기에 그나마 가족의 품으로 돌아가는 데 성공한 것이지, 그렇게 노력이 없었다면 평생 정신병원에서 지내야 했을 정도로 심각했었다고 한다.

그 여자도 그렇게 되었을 정도인데, 아예 대륙이라는 사회의 구조는 노예를 인정하고 당연하게 받아들이는 곳이다.

그런 분위기 속에서 어린 시절부터 노예 교육을 받아 팔려 다닌 리엘이다.

그러니 한 번에 노예근성을 고치려는 진운의 의지는 욕심이나 마찬가지였다.

그나마 리엘이 스스로가 벗어나고자 하는 의지가 있고, 진운이 그동안 천천히 바꿔온 것이 있었기에 이 정도인 것이다.

"전쟁이구만, 전쟁……."

너무나 태연하게 웃으면서 옆에 작은 상에서 얼굴을 마주하며 밥 먹은 리엘을 보고 있자면 전쟁이라는 말이 자연스럽게 나오는 진운이었다.

하지만 소지훈과 김미영은 그냥 얼굴 마주하며 밥 먹는 것만으로도 만족스러운지 좋아하는 반응이어서 진운도 그냥 그걸로 만족하기로 했다.

이제 첫발을 내딛도록 진운이 길을 열어주었으니 나머지는 리엘 스스로가 어떻게 하느냐에 따라 달렸으니 말이다.

Chapter
13
본거
지

"끝난 거니?"

밥을 다 먹고 후식으로 과일을 먹으면서 김미영이 어렵게 꺼내는 듯 한마디 했다.

"아니요, 그래도 최소한 가장 위험한 고비는 넘겼다고 봐도 되요."

"그래. 그럼 다행이긴 한데……."

김미영은 진운이 어떤 위험을 마주하고 있는지 자세히는 모르지만 여자의 직감이랄까?

그것으로 말하지 못할 만큼 위험한 지경에 있다는 것은

대충 느끼고 있는 중이었다.

"언제 올라가는데?"

아직 끝나지 않았다는 것은 다시 가야 한다는 뜻이기에 아쉽다는 듯 물어보자,

"조만간에 연락이 오면 그때 갈 생각이에요."

"다행이네."

당장 떠나지 않는다는 말에 그나마 조금이라도 같이 있을 수 있는 것이 약간은 위안인 듯 안심하는 김미영의 모습을 본 진운은,

"걱정마요. 저 혼자 싸우는 게 아니까요."

그나마 혼자가 아니라는 말로 약간 걱정을 덜어주는 것이 진운이 할 수 있는 전부였다.

"그래, 진이라면 잘 알아서 하겠지. 그런데 레이나는? 어쩌고 혼자 온 거야?"

리엘과 진운이 왔다는 사실에 잠시 잊고 있던 레이나가 떠오른 것이다.

바늘과 실처럼 진운이 가는 곳이면 언제나 옆에 있던 레이나가 이번에는 없어서 물어보자,

"쉬고 있어요."

"쉬어……?"

진운은 어차피 육체적으로 상처를 입은 게 아니라 아몬

의 사멸의 불꽃에서 뿜어져 나오는 열기로 인해 영혼이 다친 상태이다.

그렇기에 적당히 쉬면서 스스로 회복하는 것이 유일한 치료법이라 할 수 있는 상황이었다.

그래서 괜히 병원에 입원했다는 말로 걱정시키보다 쉬고 있다는 말로 정리한 것이다.

하지만 진운의 단 한마디에 김미영의 눈빛이 변하더니,

"얼마나 다친 건데?"

"……."

단번에 알아챈 김미영이 직접적으로 물어보자 놀란 표정으로 쳐다보자,

"넌 아직 나를 따라오려면 멀었어. 그보다 얼마나 다쳤는데 너 혼자 내려올 정도인거야?"

"누나한테는 뭐 속일 수가 없네요. 사실 그냥 다쳤다고 하기도 좀 그래요. 쉬면서 회복하면 금방 괜찮아 지니까요."

"정말이야?"

김미영은 거의 레이나를 진운의 짝으로 처음부터 일찌감치 생각하고 있었는지 이미 한집안 사람 챙기듯 챙기고 있었다.

"누나, 걱정 마세요."

“걱정 안 되게 해야 안 하지.”

“제가 이렇게 혼자지만 내려올 정도면 안심해도 되요. 설마 많이 아픈데 제가 이렇게 혼자 이곳에 오겠어요?”

진운이 자신이 혼자지만 밖으로 나돌아 다닐 정도면 레이나의 상태가 그리 나쁘지 않은 상태라고 재차 강조를 하자 어쩔 수 없이 김미영도 믿어주는 표정이었다.

“알았어. 하지만 다음에는 같이 와. 알았지?”

“걱정마세요.”

“뭐, 품에 예쁜 아기 하나 안고서 와도 난 좋아~”

“누나~”

농담반 진담반으로 김미영이 진운과 레이나가 사고라도 처서 다음에 올 때는 뭔가 소식이라도 있었으면 하는 마음에 말했던 것이다.

한데 의외로 진운의 반응이 조용했다.

그 모습에 김미영의 표정이 살짝 변하더니,

“펄쩍 뛰면서 동료라는 등 뭐 그런 핑계댈 줄 알았더니…… 웬일이야?”

진운의 반응에서 뭔가 있다는 촉을 느낀 김미영이 파고들자,

“뭐, 서로 마음은 확인했어요.”

“오~ 그거 이제 도장만 찍으면 된다는 걸로 들리는데?

정말이야?”

“도, 도장은… 무슨……. 뭐, 하지만 결혼한다면 아마 레이나일 것은 분명해요.”

“진아~!! 성공했구나!!”

웬만하면 자신이 한 말을 끝까지 지키는 성격인 진운이 저렇게까지 말한다면 거의 레이나와 결혼하는 것은 기정사실이라는 것을 알고 있는 김미영이다.

그녀가 벌떡 일어서면서 만세를 부르자,

“무슨 일이야?”

다슬이와 놀아주던 소지훈이 다가왔다.

“오빠.”

“응? 왜 그래?”

“진이가 레이나라 결혼하겠대요.”

“오~ 그래?”

소지훈도 레이나를 거의 진운의 짝으로 단정하고 있었는 듯 오히려 기다리던 말을 들었다는 표정으로 가볍게 웃고 말았다.

그런데 그런 두 사람의 반응을 가만히 지켜보던 진운이 피식~ 웃으면서,

“만약에 제가 레이나와 결혼할 생각이 없다고 끝까지 말했다면 어쩌려고 했어요?”

"어쩌긴 뭘 어째? 그냥 억지로 맺어줘야지."

"농담하지 마요. 사람 마음이 그리 쉽게 움직이는 것도 아닌데 무슨……."

진운은 그냥 농담으로 넘겨버렸다.

하지만 김미영은 입가에 미소를 지으면서,

"진운아, 넌 정(情)이란 게 얼마나 무서운지 아직 모르니까 그런 소리 하지. 후후훗, 미운 정도 정이라고 했다."

김미영의 의미심장한 말에 진운은 그저 말없이 웃을 뿐이었다.

진운도 사실 김미영의 말을 인정하지 않을 수 없는 입장이었다.

그동안 레이나와 벽을 두고 있던 이유도 곰곰이 따지고 보면 모두 동료라는 생각으로 같이 지낸 시간이 너무 오래되다 보니 이성을 느끼기도 전에 정이 먼저 들어버린 탓이 컸다.

그리고 이 점은 진운 스스로도 잘 알고 있었으니 말이다.

만약에 아몬이 레이나의 목숨을 노리지 않았다면 진운은 그 정이라는 것에 막혀서 아직도 자신이 정말 레이나를 사랑하고 있었다는 사실을 지금까지도 깨닫지 못했을지 몰랐다.

소중한 것은 언제나 곁에 있어서 그 소중함을 모른다고
했던가?

사랑도 마찬가지였다.

너무 가까이 있기에 소중함을 지나칠 수도 있다.

하지만 소중하지 않는 것은 아닌 것이다.

진운의 경우는 서로 목숨이 오가는 과정에서 소중한 것
을 깨달았을 뿐이었다.

띠리리~

"응?"

딱히 전화 올 사람이라고는 레이나 정도가 바로 생각나
는 사람이기에 아무 생각 없이 전화를 받은 진운은 상대의
목소리를 듣고는 표정이 살짝 굳어졌다.

"시리 씨."

[네, 저예요.]

"어쩐 일이세요?"

시리가 진운에게 먼저 소지훈을 찾아가보는 것이 어떠냐
는 듯 늬앙스를 풍겨서 이곳까지 왔기에 웬만큼 급하거나
중요한 일이 아닌 이상 하루도 지나지 않은 지금 시리가 전
화를 먼저 걸 리가 없다는 생각에 물어보자,

[찾았어요.]

"네? 찾다니… 무엇을요?"

[일루미나티의 본거지로 생각되는 곳을 찾았어요.]

"……!!"

벌떡!!

진운은 전화를 받다가 소파에서 벌떡 일어서 버렸다.

"진아, 왜 그래?"

"무슨 일이니?"

옆에서 진운이 갑자기 일어서자 김미영과 소지훈의 놀란 표정으로 물었다.

하지만 지금 진운은 전화에 집중하고 있어서 그 말을 듣지 못했다.

"어디죠?"

[독일이에요.]

"독일……?"

독일이라는 말에 진운이 의외라는 듯 한마디 하자,

[진운 씨도 그렇게 생각하죠?]

시리조차도 의외였던 모양이었다.

"그렇긴 하죠. 일루미나티는 유태인들이 만들었는데… 그들의 본거지가 독일이라니……."

유태인 학살로 인해 독일이라면 치를 떠는 그들이 의외로 독일에 본거지가 있다는 것은 진운은커녕 시리도 전혀 생각지 못한 듯했다.

시리조차도 아무리 생각해도 일루미나티의 기틀이 유태인들이니 독일만큼은 아닐 것이라고 생각하고 있었으니 말이다.

역사를 조금이라도 아는 사람이라면 다들 진운과 같은 반응을 보이는 것이 당연했다.

[저도 그렇게 생각했는데, 운이 좋았는지 아니면 이번에 테칸과 로이칸이 사라지면서 일루미나티들의 움직임에 변화가 생겼는지 모르지만 정찰 위성에 꼬리가 잡혔어요.]

"정찰 위성에요?"

[진운은 저희가 굳이 국가적인 차원에서도 운용하기 힘들 만큼 많은 돈이 투자되는 정찰 위성을 열 개나 쏘아 올려서 운용하는 이유가 뭐라고 생각했어요?]

"그야……."

시리의 말을 듣고 나니 진운은 그제야 대동그룹이 얼마나 일루미나티를 찾기 위해서 노력했는지 여실히 깨닫게 되는 순간이었다.

정찰 위성을 만들어서 쏘아 올리고 그걸 운용하는 것만 해도 엄청난 노력과 자금이 소요되는 편이었다.

그런데 그렇게 쏘아 올린 정찰 위성을 직접 링크할 수 있는 손목시계 형태의 특수한 단말기까지 지원하는 능력자에게 쥐서 정보를 모으는 노력까지 하는 것을 보면 시리는 진운이 생각하는 것 이상으로 김현중의 명령을 옛날부터 본격적으로 실행하고 있었다는 것이다.

어떻게 보면 진운은 그렇게 천천히 준비를 해서 한 발, 한 발 일루미나티의 정체에 다가가고 있는 상황에 슬쩍 끼어든 것일지도 몰랐다.

초고성능 정찰 위성까지 열 대나 운용하고 있는 마당에 뭘 설명하겠는가.

[언제 올라오실 건가요?]

"내일 바로 올라가죠."

[알았어요. 그럼 내일 곧바로 대동그룹 본사로 와주세요.]

"네."

딸각~

휴대전화를 끊은 진운이 그제야 시선을 돌리자 멍하니 자신만 쳐다보고 있는 김미영과 소지훈 그리고 다슬이와 리엘이 시야에 들어왔다.

"왜 그래요? 다들……?"

"내일 가니?"

김미영은 다른 걸 떠나 통화 마지막에 했던 올라간다는 말 때문에 조금 서운한 표정이었다.

"그래야 할 것 같아요. 그리고 어쩌면 빨리 결판이 날지도… 몰라요."

꼭 가야만 하는 이유가 있다는 것을 다들 알고 있지만, 그저 옆에서 지켜봐야만 하는 입장에 있는 이들에게는 그저 안타까울 뿐이었다.

오랜만에 찾아왔지만 하룻밤만 자고 바로 가야 할 만큼 바빴으니 말이다.

그리고 무엇보다 한번 이렇게 떠날 때마다 과연 무사히 다시 볼 수 있는지 그 누구도 장담할 수 없는 것이 소지훈이나 김미영에게는 안타까울 뿐이었다.

부아앙!!!!

아직 아침 해가 채 뜨지도 않은 시각, 진운은 조용히 혼자 집을 나섰다.

그리고 인근에 세워두었던 메라렌의 곁으로 다가가 문을 여는데 인기척이 느껴져 고개를 돌려보니 다슬이가 서 있는 게 아닌가.

"안 자고 왜 나왔어?"

일부러 존재감을 확 죽여서 사실 그 누구도 지금 진운이 밖으로 나왔다는 것은커녕 진운을 알아보는 것조차도 불가능했다.

그런데 다슬이는 이상하게 진운을 똑바로 보면서 다가오고 있었다.

"삼촌."

"응?"

"죽이지 말아줘."

"……???"

진운은 다슬이가 하는 말이 무슨 뜻인지 몰라서 눈높이를 다슬이에 맞춰서 무릎을 꿇고 앉았다.

"그게 무슨 말이니?"

"죽이지 말아줘."

무조건 죽이지 말아달라고 말하는 다슬이의 말에 뭔가 이상하다는 사실을 느꼈다.

진운은 다슬이의 눈동자를 가만히 쳐다보자 뭔가 공허한 듯한 느낌을 받았다.

분명히 지금 진운과 이야기를 하고 있지만 다슬이의 눈빛은 마치 저 먼 곳을 바라보는 듯 진운을 전혀 보고 있지 않았다.

"다슬아!"

그제야 뭔가 이상하다고 느낀 진운이 다슬이의 어깨를 잡고 흔들자,

"…으음……. 삼… 촌……?"

마치 잠에서 깨어나듯 눈동자에 생기가 돌면서 진운을 쳐다보는 눈빛으로 돌아오기 시작했다.

"다슬아, 여기까지 걸어온 거 기억나?"

혹시나 하는 생각에 물어보자,

"삼촌, 나 화장실~"

갑자기 다리를 오므리더니 정말 표정이 화장실이 급한 듯 발을 동동 구르기 시작했다.

완전히 평소의 다슬이로 다시 돌아왔다는 것을 확인한 진운은 아쉽지만 어깨를 놓아주면서,

"집으로 갈 수 있겠어?"

"응! 삼촌… 어디 가?"

"응, 일 때문에 다시 가봐야 해, 나중에 다시 올게."

"알았어, 삼촌 꼭 다시 와!"

짧은 걸음이지만 빠르게 걸어서 집을 향해 뛰어가더니 곧 사라져 버리는 다슬이었다.

그런데 그 모습을 뒤에서 지켜본 진운은 표정이 조금 굳어 있었다.

방금 그 모습이 너무나 이질적인 느낌으로 선명하게 뇌리에 남아버렸기 때문이기도 했지만, 멍하니 먼 곳을 바라보는 다슬이의 눈동자가 이상하게 마음에 걸리기도 했다.

“그러고 보면… 다슬이가 좀 이상하긴 해. 레이나가 꺼려하는 것도 그렇고…….”

레이나는 소지훈과 김미영이 입양한 이후에도 노골적으로 다슬이를 그렇게 가까이 하지 않는 듯했었으니 말이다.

처음부터 레이나는 다슬이를 싫어했다는 표현이 맞을 것이다.

“그러고 보니… 레이나가 다슬이에 대해서 뭔가 말하려고 한 적이 있지 않았었나?”

다슬이에 대해서 잠시 생각하던 진운은 우연히 기억 저편에서 레이나가 다슬이에 대해서 뭔가 말하려고 했었던 적이 있었다는 것을 생각해 냈다.

“이번에 올라가면 한번 물어볼까?”

방금 전에 너무나 강렬한 다슬이의 모습이 계속 마음에 걸린 진운은 이번에 올라가면 레이나에게 물어보기로 했다.

왜 그렇게까지 다슬이를 싫어하는지와 그 와중에 다슬이에 대해서 언급하려다가 말았던 것이 무엇이었는지를 말이다.

그동안 정말 정신없이 앞으로만 뛰다보니 지금에서야 예전에 레이나가 다슬이에 대해서 뭔가 말하려고 했었다는 것을 생각해 낸 것이다.

"올라가 볼까."

털컥!

멕라렌에 올라탄 진운은 가볍게 시동을 켰고 곧바로 출발해 버렸다.

하지만 출발한 지 한 시간도 채 되지 않은 뒤, 고속도로 휴게소 주유소에서 멈춰야만 했다.

"아, 이놈의 개떡 같은 연비……!!"

멋지고 비싸고 다 좋은데 어찌 된 것이 고속도로 바닥에 기름을 흘리고 다니는지 분명히 내려올 때 주유소를 다섯 번이나 들렀었다.

하지만 그 많던 게 언제 사라져 버렸는지 기름이 떨어져 버린 것이다.

그리고 정말 피부로 느끼는 중이었다.

"장거리에는 절대로 타지 말아야 할 차가 슈퍼카라더니……. 진짜였어, 젠장……."

슈퍼카를 보고 누군가 했던 말이 생각난 것이다.

슈퍼카는 집 앞 슈퍼 갈 때 타는 차라는 조금은 농담 같은 말이었지만 직접 개떡 같은 연비를 경험한 진운은 그게 농담처럼 들리지 않는다는 게 문제였다.

"마트 갈 때나 타야 되나? 젠장……."

　가까운 거리를 갈 때 타야 할지도 모른다고 고민할 만큼 연비가 최악이었던 것이다.

　그리고 과연 도착할 때까지 주유소를 몇 번이나 더 들러야 할지… 짐작조차 되지 않는 진운이었다.

『바벨의 탑』 12권에 계속…

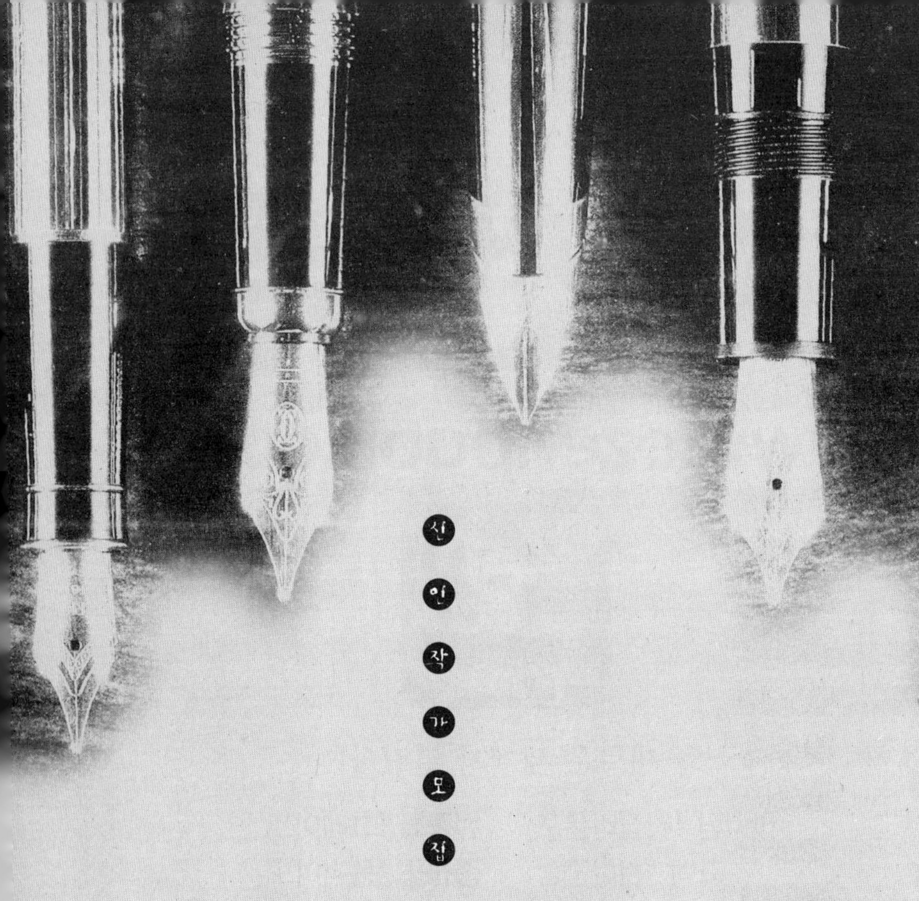

신

인

작

가

모

집

시작이 반이라고 했습니다.
작가의 길에 대한 보이지 않는 벽을 과감히 깨뜨리십시오!
청어람은 작가 지망생 여러분들의
멋진 방향타가 되어드리겠습니다.

저희 도서출판 청어람에서는
소설 신인 작가분들을 모집합니다.
판타지와 무협을 사랑하시는 분들의 많은 참여를 바랍니다.
소정의 원고(A4용지 150매)를 메일이나 우편으로 보내주시면
검토 후 출판 여부를 알려드리겠습니다.

주소:경기도 부천시 원미구 심곡2동 163-2 서경B/D 2F 우편번호 420-822
TEL:032-656-4452 · FAX:032-656-4453
http://www.chungeoram.com
e-mail:chungeoram@chungeoram.com

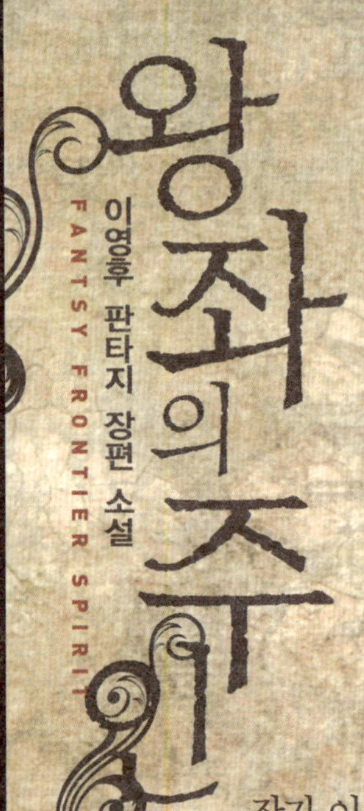

작가 이영후가 선보이는 야심작!
가슴을 떨어 울리는 판타지가 찾아온다!

『왕좌의 주인』

세계를 몰락 위기로 몰았던 이계의 절대자들
그들의 유적이 힘을 원한 자들을 불러들이고…
그 힘을 취한 어둠은 암암리에 세계를 감쌀 뿐이었다.

"세계를 구원할 것은 너뿐이구나."

어둠을 격정한 네 영웅은 하나의 희망을 키워낸다.
이계 최강의 절대자 티엔마르.
그리고 이 모두의 힘을 이어받은 새로운 존재…
은빛의 절대자 레오!

눈매 新무협 판타지 소설

FANTASTIC ORIENTAL HEROES

가면의 마존

유행이 아닌 자유추구 -
WWW.chungeoram.com